THE QUEEN OF CRIME
繁體中文版
20週年
紀念珍藏

ABC謀殺案

阿嘉莎・克莉絲蒂——著
陳曉東——譯

The A.B.C. Murders

Agatha Christie®

通俗是一種功力

吳念真（導演、作家）

通俗是一種功力。絕對自覺的通俗更是一種絕對的功力。

這樣的話從我這種俗氣的人的嘴巴說出來，大概很多人要笑破褲底了。不過，笑完之後請容我稍稍申訴。這申訴說得或許會比較長一點，以及，通俗一點。

小時候身材很爛，各種遊戲競爭完全任人宰割，唯一隱遁逃避的方法是躲起來看書或聽大人瞎掰。那年頭窮鄉僻壤的小孩能看的書不多，小學二年級時最喜歡的是超大本的《文壇》，老師借的。看著看著，某天老師發現我的造句竟出現：「捧著：朝陽捧著一臉笑顏為群山剪綵」這樣亂七八糟的文字，就拒絕再讓我看那些超齡的東西了。

老師的書不給看，我開始抓大人的書看。一種是厚得跟磚塊一樣的日文書，對我來說那完全是天書，但插圖好看，經常有限制級的素描。另一種書是比較薄的，通常藏得很嚴密，只是裡面有太多專有名詞、重複的單字和毫無限制的標點，比如「啊啊啊」、「……！！！」

老讓我百思不解。有一天，充滿求知欲地詢問大人竟然換來一巴掌後，那種閱讀的機會和樂趣也隨著消失了。

所幸這些閱讀的失落感，很快從大人的龍門陣中重新得到養分。講到這裡，我似乎先得跟一個村中長輩游條春先生致敬，並願他在天之靈安息。

我所成長的礦區，幾乎全是為著黃金而從四面八方擁至的冒險型人物，每人幾乎都有一段異於常人的傳奇故事。這些故事當事人說來未必精采，但一透過游條春先生的嘴巴重現，有時連當事人都聽得忘我，甚至涕泗縱橫，彷彿聽的是別人的故事。

條春伯沒當過日本兵，可是他可以綜合一堆台籍日本兵的遭遇，一如連續劇般從入伍、受訓、逃亡荒島，面對同鄉同袍的死亡，並取下他們的骨骸寄望帶回故鄉，乃至骨骸過多搞不清哪是誰的等等，讓聽的人完全隨他的敘述或悲或笑，彷彿跟他一起打了一場太平洋戰爭。此外他也可以把新聞事件說得讓一個三、四年級的小孩，到現在仍記得當時腦中被觸動的畫面。例如當年瑠公圳分屍案的凶手做案之後帶著小孩到安東街吃麵（這讓我一直以為台北的安東街是條專門賣麵的街道），還有甘迺迪總統被暗殺、賈桂琳抱住她先生、安全人員跳上飛快的車子保護賈桂琳……當然，這記憶全來自條春伯的嘴巴而不是報紙。我的記憶全是畫面，有畫面，是因為條春伯說得精采，說得有如親臨他至死都還搞不清地理位置的達拉斯命案現場。

於是這小孩長大後無條件地相信：通俗是一種功力，絕對自覺的通俗更是一種絕對的功力。透過那樣自覺的通俗傳播，即使連大字都不識一個的人，都能得到和高階閱讀者一樣的感動、快樂、共鳴，和所謂的知識、文化自然順暢的接軌。也許就是因為這些活生生的例子，俗氣的自己始終相信：講理念容易講故事難，講人人皆懂、皆能入迷的故事更難，而能隨時把這樣的故事講個不停的人，絕對值得立碑立傳。

條春伯嚴格地說是有自覺的轉述者，至於創作者，我的心目中有兩個。一個是日本導演山田洋次，一個是推理小說家阿嘉莎·克莉絲蒂。

山田洋次創造了寅次郎這個集合所有男人優點跟缺點的角色，在以《男人真命苦》為名的系列下，總共完成百部左右的電影。它們的敘述風格、開頭、結尾的方法不變，唯一改變的是故事，是時代，是遍歷日本小鄉小鎮的場景。數十年來，看《男人真命苦》幾已成為日本人每年的一種儀式，一如新春的神社參拜。

數十年前訪問過山田導演，他說，當他發現電影已然有它被期待的性格時，電影已經不是導演自己的。他說：當所有人都感動於美人魚的歌聲時，你願意為了讓她擁有跟你一樣的腳，而讓她失去人間少有的嗓音嗎？

人間少有的嗓音與動人的歌聲，都來自山田導演絕對自覺的通俗創造。

再如阿嘉莎·克莉絲蒂，如果我們光拿出她說過的故事和聽過她故事的人口數字，就足以嚇死你。五十多年的寫作生涯，她總共寫出六十六本長篇推理小說，外加一百多篇短篇小說和劇本。其中有二十六本推理小說被改編，拍了四十多部電影和電視劇集。作品被翻譯成一百零三種文字的版本，銷量超過二十億本。

夠了。你還想知道什麼？知道二十億本的意義是什麼嗎？二十億本的意義是全世界平均三個人就有一個人讀過她的書，聽過她說的故事。

說來巧合，她和山田洋次一樣，創造出個性鮮明的固定主角（當然，前前後後她弄出來好幾個），然後由他（或是她）帶引我們走進一個犯罪現場，追尋真正的罪犯。

故事就這樣？沒錯，應該說這是通常的架構。那你要我看什麼？不急，真的不急，克莉絲蒂會慢慢冒出一堆足夠讓你疑惑、驚嚇、意外，甚至滿足你的想像力、考驗你的耐心和智商的事件來。

推理小說不都是這樣嗎？你說得沒錯，大部分是這樣，不一樣的是……對了，她像條春伯，像山田洋次，她真會說，而且她用文字說。

文字的敘述可以讓全世界幾代的人「聽」得過癮、「聽」個不停，除了聖經，也許就是克莉絲蒂。她不是神，但她真的夠神。

數十年前，台灣剛剛出現她的推理系列中譯本，那時是我結婚前，常有同齡的文藝青年來我租住的地方借宿，瞄到我在看克莉絲蒂，表情詭異地說：「啊？你在看三毛促銷的這個喔？」

我只記得他抓了一本進廁所，清晨四點多，他敲開我的房門說：「幹，我實在很討厭那個白羅……再拿一本來看看，我跟你說真的，要不是你的書，我真的很想把那個矮儸壓到馬桶吃屎！」

我知道他毀了，愛吃又假客氣，撐著尊嚴騙自己。克莉絲蒂再度優雅地撕破一個高貴的知識份子的假面具，她的手法簡單，那手法叫通俗，絕對自覺的通俗，無以倫比、無法招架的功力。

昔日的文藝青年如今跟我一樣，已然老去，但不時還會看到他寫一些充滿理念和使命感極重的文章，在報紙和雜誌上出現。我知道他要說什麼，只是常常疑惑他想跟誰說；同樣，我記得他說過什麼，但轉眼間忘記他說了什麼。但請原諒我，幾十年前那個晚上，他在我家看完的那兩本克莉絲蒂的小說內容，我可還記得清清楚楚。

也許有一天再遇到他的時候，我會問他之後是否還看過克莉絲蒂其他的書，如果沒有，我會跟他說，想讀要趁早，因為你會老、會來不及。至於白羅那個矮儸，大概永遠不會消失。哦，對了，還有一個叫瑪波，你說不定會來不及認識……

老派偵探之必要

冬陽（推理評論人，台灣推理作家協會理事長）

「讀者非常喜歡白羅這個人物，表示『那個開朗的小個子，過氣的比利時名偵探』。顯然白羅是這本小說受歡迎的一個原因，雖然白羅可能不贊同用『過氣』二字來形容他。」知名編輯兼作家經紀人約翰．柯倫（John Curran）在《阿嘉莎．克莉絲蒂的秘密筆記》一書如是說，文中提到的「這本小說」，正是克莉絲蒂初試啼聲、名偵探赫丘勒．白羅優雅登場的《史岱爾莊謀殺案》，一部於一個世紀前出版的偵探推理作品。

百年光陰的淬鍊顯然證明了白羅絕無過氣的疲態，連帶讓我聯想起電影《金牌特務》（*Kingsman*）上映後，大眾熱議西裝如何能帥氣俊挺歷久不衰——或許可以從這個切入角度，在這裡跟老書迷、新讀友探究這個蛋頭翹鬍子偵探（我沒有影射哪款洋芋片食品喔）的魅力所在。

且讓我們話說從頭。

「我敢打賭你寫不出好的推理小說。」一九一六年，阿嘉莎．米勒（克莉絲蒂婚前的舊姓）在媽媽的打字機上敲擊，打算回應姊姊梅姬這挑釁的話語。她努力嘗試，但故事寫得不好，於是改從身旁熟悉的事物著手——比方說毒藥。阿嘉莎在藥房工作過，曾在某個夜裡驚醒，匆匆回到調劑室重新配置，因為她不記得有沒有漏做一個重要步驟，否則病患就要去見閻王了——噢，這似乎是個謀殺好點子。

阿嘉莎還記得姨婆對她的叮嚀：要注意他人覬覦她珍藏的首飾，時時留意是不是有人偷偷拉長了耳朵聽她們的竊竊私語。小阿嘉莎不但執行得徹底，還把這個習慣寫進小說裡。同時她還注意到，因為世界大戰爆發，家鄉托基湧入許多比利時難民，不如讓一個逃難到英國的比利時退休警官擔任偵探？一定很有趣！

啊，偵探小說顧名思義，只要塑造出一個教人印象深刻的偵探，大概就成功一半。這個人物必須要有特色、有個性，甚至是怪癖，而且聰明又自負。好幾個名字浮現在她腦海裡：莫里斯．盧布朗（Maurice Leblanc）筆下的怪盜紳士亞森．羅蘋、卡斯頓．勒胡（Gaston Leroux）創造的新聞記者胡爾達必，當然還有那最最知名的夏洛克．福爾摩斯——連帶創造一個華生型的助手好了。該怎麼安排呢……

於是，一位偵探的樣貌漸漸成形：五呎四吋的小個兒，蛋型臉上蓄著保養得宜、梳理有型的鬍子，衣著一塵不染，漆皮鞋擦得錚亮。他有嚴重的潔癖，說話不時夾雜法語，喜歡成雙成對的東西，喜歡方的不喜歡圓的（雞蛋為什麼不是方的呢？），口頭禪是「動動灰色的腦細胞」。阿嘉莎心想，他應該要有個像福爾摩斯一樣響亮的名字，取名「赫丘勒斯」怎麼樣？希臘神話中的大力士。姓氏叫白羅，不過搭赫丘勒斯這個名字好像不配……改一下，赫丘勒．白羅好像不錯？就這麼定了吧！

白羅很聰明，懂得觀察入微沒錯，但這並不表示他就得是台獨尊腦袋、缺乏情感的冰冷思考機器，尤其要在人物關係錯綜複雜的莊園宅邸查案追凶，交際手腕得高明些才行。他不是在謀殺發生、屍體出現後才開始像頭獵犬四處嗅聞，而是憑藉旺盛的好奇心與強烈的同理心接觸各種人事物，進而探入被害者、犯罪者、各個看似無辜但多少都和事件沾上邊的關係者的心靈深處，佐以現今稱作鑑識、法醫等等科學鐵證（哎，證據人人知道，可是要怎麼跟真相合理地連結到一塊，這就是名偵探的功力啦），讓原本叫人束手無策的事件得以畫下完美句點。也因此，白羅偶爾能預測進而制止罪案的發生，甚至對殘酷但值得憐憫的罪行網開一面，這樣才合乎人性不是嗎？

婚後以阿嘉莎．克莉絲蒂為名，推出《史岱爾莊謀殺案》後深獲好評，相隔六年的《羅傑艾克洛命案》更是引發街談巷議，而克莉絲蒂全球暢銷前十大作品中，還包括《東方快車謀殺案》、《尼羅河謀殺案》、《ABC謀殺案》、《藍色列車之謎》、《底牌》、《五隻小豬之歌》，合計八部皆由白羅擔綱演出。讀者不只喜愛這個聰明角色，還臣服於平實流暢的文筆及相對顯得衝突的複雜劇情，冷酷的謀殺動機隱藏在細膩的人際關係裡，穿透看似單純、帶點童話氣息的表象後，端賴名偵探明察秋毫、撥亂反正。尤其讓一個比利時人在英國土地上辦案，是克莉絲蒂的小心思，因為「英國人總是不信任外國人，也不相信睿智」（語出英國偵探俱樂部主席馬丁．愛德華茲〔Martin Edwards〕），讀者同凶手一樣輕忽不設防，卻也得到了參與鬥智競賽的意外驚奇和美好滿足。

這樣的閱讀感受，我稱之為「老派偵探之必要」，因為它純粹簡約，經得起反覆咀嚼，猶如前述的西裝革履，在潮流更迭的時間長河裡維持恆久的優雅風範——呼應吳念真先生寫在「策畫者的話」中的一段文字，那不是惺惺作態的高傲睥睨，而是「絕對自覺的通俗，無以倫比、無法招架的功力」所致。

不信？往下讀去就知道。而且我敢打賭，你有很高的比例會將整個白羅系列嗑完，然後是瑪波小姐系列以及其他系列，當然也不可能錯過像名列暢銷首位的《一個都不留》這類獨立之作……

註　克莉絲蒂推理全集一至三十八冊為「神探白羅系列」，三十九至五十二冊為「神探瑪波系列」，五十三至八十冊包含鬼豔先生、湯米與陶品絲、雷斯上校、巴鬥主任等名探故事。

獻詞

阿嘉莎．克莉絲蒂是世界讀者最眾，也最廣受喜愛的女作家。
身為克莉絲蒂的孫兒，我相信奶奶會非常樂見這次出版，
因為她極以自己作品中的趣味與娛樂為豪。
歡迎所有喜歡本系列的台灣新讀者參與這場饗宴！

——馬修．培察（Mathew Prichard）

亞瑟·海斯汀上尉的聲明

本書，我改變了自己僅僅講述親身經歷之事件和情景的慣常作法。因而，本書部分章節將以第三人稱撰寫。

讀者們大可放心，我可以保證這些章節裡所描述的事件都確有其事。而即便我採用了滿懷詩意的筆法來描繪人物的思想與感受，我也有把握它們具有相當的準確性。我還要補充，這些描寫均經我朋友赫丘勒·白羅親自「驗證」過。

總而言之，我必須說，如果我用了太長的篇幅來描述這個連續殺人奇案中的私人情事，那是因為人性和個人因素永遠不可忽視。赫丘勒·白羅就曾經感性十足地告誡我，愛情往往是犯罪事件的副產品。

對於偵破ＡＢＣ謀殺案，我只能說，在處理該案的過程中，我認為，白羅以全然前所未見的方式表現出他真正的天賦。

01／信件

一九三五年夏天，在南美的牧場停留了六個月之後，我返回到家中。那段時間我們過得挺艱苦的。和世界上其他人一樣，我們亦蒙受世界性大蕭條的影響。在英國我有許多事務要照管，而這些事只有我親自處理，才能做得成功。我太太則留下來管理牧場。

無庸置疑，我抵達英格蘭後的第一件事，便是去拜訪我的老朋友——赫丘勒．白羅。我發現他已搬到倫敦一幢最新式的服務型公寓裡。我指責他（他也一概承認）之所以選擇這個住所，完全是出於貪愛它那嚴格的幾何形外觀和格局。

「是的，朋友，它擁有最合宜的對稱性，難道你沒有發覺嗎？」

我回答說，我認為這建築物內方形物體過多，而且我援引了一則古老的笑話，戲問他在這種超現代化的建築內，他們能不能誘導母雞去下方形的蛋。

白羅會心一笑。

「啊，你還記得那個笑話？哎呀！不可能啦，科學還不至於誘使母雞去順應現代社會的品味，牠們下的還是形色各異的雞蛋哪。」

我以關切的眼神審視這位老友。他看上去相當不錯，自上次離開他後，一點都沒顯老。

「你看來氣色極佳，白羅，」我說，「你一點也沒變老。事實上，如果有這種可能，我應該說，比起上回我們見面時，你的白頭髮還少了許多呢。」

白羅朝著我微笑。

「那有什麼不可能的？正是如此。」

「你的意思是，你的頭髮正由白變黑，而不是由黑變白？」

「完全正確。」

「可是從科學上講，這顯然是不可能的。」

「才不呢。」

「可是那太離譜了，完全違背自然法則。」

「海斯汀，你仍然擁有一顆美好而不猜疑的心。歲月沒有改變你的本性，你在同一個時間內既察覺到一個事實，又點出它的解決辦法，只是你自己沒有注意到罷了。」

我盯著他看，滿臉疑惑。

他一言不發地步入臥室，取回來一個瓶子，遞給了我。

我接過瓶子，心中大惑不解。

瓶子上寫著「再生劑：令頭髮重獲自然光澤。再生劑絕非染色液，它包括五種色差：灰色、栗色、金黃、棕褐、黑色」。

「白羅，」我驚呼，「你染髮了！」

「啊，你現在明白了。」

「難怪你的頭髮比上次我回來時黑了許多。」

「正是。」

「哎呀，」我從震驚當中回過神來，說道，「我猜想，下次我回來的時候，就會發覺你戴上假鬍子囉——還是你現在根本就是戴著假鬍子？」

白羅畏然退縮，鬍子一直是他的敏感所在，他毫無理性地以之為榮，我的話觸及了他的禁忌。

「不，不，mon ami[1]，我仁慈的上帝，離那天還早呢。假鬍子！Quel horreur[2]！」

他用力曳拉鬍子，向我證明它們的真實性。

「好吧，你的鬍子依然濃密。」我說道。

「N'est ce pas[3]？在整個倫敦市裡，我還沒有見過有誰的鬍子能跟我相媲美！」

也沒人的修剪功夫下得有你多，我暗想。不過，再怎麼樣，我也不會把這話說出口來刺傷他。

我只是改口問道，是否他還在操持老本行。

「我知道，」我說，「實際上，你多年前就已經退休了——」

「C'est vrai[4]，為了要種櫛瓜。然而，只要一有謀殺案發生，我就馬上放這些櫛瓜自生自滅。然後——我很清楚你會說什麼——我就會像是正在進行告別演出的第一女主角那般！只是這告別演出，已重複出現了無數次！」

我笑了。

「真的，很像那種感覺。我每次都會說，這是最後一次。可是不然，總會有一些突發事件！我的朋友，我必須承認，我一點也不在乎退不退休。如果不讓那些小小的灰色腦細胞進行鍛鍊的話，它們會生銹的。」

「明白了，」我說，「你仍想適度地鍛鍊它們。」

「正是這樣，我對案子精挑細選，因為如今的赫丘勒·白羅只對一流的罪案有興趣。」

「那麼，一流的案件多嗎？」

「Pas mal[5]。不久前我才死裡逃生。」

1　法語，意思是「我的朋友」。
2　法語，意思是「多可怕啊」。
3　法語，意思是「不是嗎」。
4　法語，意思是「這是真的」。
5　法語，意思是「挺多的」。

「是案子失敗了嗎？」

「不，不是，」白羅看起來很震驚。「但我……我赫丘勒・白羅差點被終結掉。」

我噓嘆。「真是個有膽識的凶手！」

「與其說有膽識，還不如說是不在乎。」白羅說，「確切地說，根本是不在乎。我們別再談它吧。你知道，海斯汀，在很多方面我把你看作福星。」

「是嗎？」我說，「在哪些方面呢？」

白羅並沒有直接回答我的問話。他繼續說道：「當我一得知你要過來，我就對自己說，一定有什麼事情會發生。而跟以前一樣，我們倆會一起破案，兩個一起。所以那就必須是樁不尋常的案子，必須是——」他激動地擺擺手，「這件事必須是巧鮮精……」他最後這個無法翻譯的詞聽來香氣四溢。

「哎喲，白羅，」我說，「你說的像是在麗晶飯店點菜咧。」

「然而人們沒有辦法像點菜一樣讓罪案一項一項呈上來！是呀。」他嘆息道，「但我相信運勢，相信命運。就是命運讓你伴在我身邊，以免我去犯下不可饒恕的錯誤。」

「什麼『不可饒恕的錯誤』？」

「忽略了顯而易見的事實。」

我在腦子裡轉了個圈，但還是不明白他話裡真正的意思。

「好吧，」我隨即說，面帶著笑容。「這個超級罪案是否已經出現了呢？」

「Pas encore[6]。至少，那是——」

他突然停下，窘困地皺著眉頭，前額的皺紋乍起，雙手不自覺地將我漫不經心推開的一兩件物品擺整齊。

「我還不能確定。」他慢吞吞地說。

他的語調透著某種怪異，我吃驚地望著他。他的眉頭依然緊鎖著。

突然間，他果斷地一點頭，穿過房間，走到窗前的一張寫字檯前。不用說，書桌上的東西均有非常清晰地標示和分類，以便他一伸手就能取到想要的文件。

他慢步向我走來，手裡拿著一封拆開的信。他把信讀一遍之後，遞交給我。

「告訴我，我的朋友，」他說，「你對此有什麼看法？」

我頗感興趣地接過信。

那白色的厚質便箋紙上，是幾行打字的字體：

赫丘勒·白羅先生：

您不是一向樂於為我們那些蠢鈍的英國警察們解決棘手謎案嗎？讓我們瞧瞧聰明的白羅

6 法語，意思是「還沒有」。

先生您到底有多聰明吧。也許您會發現這個堅果硬得難以敲碎呢。本月二十一日，留意安多弗（Andover）。

忠於您的ABC

我瞥一眼信封，信封上的字同樣是印刷字體。

「郵戳是WC1區的。」當我注意到郵戳時，白羅說道，「好了，你看是如何？」

我聳聳肩，把信交還給他。

「八成是個瘋子或什麼的，我猜。」

「你就只能說這樣？」

「哦，難道這不像是個瘋子所為？」

「是的，我的朋友，的確很像。」

他語調陰沉。我好奇地看著他。

「白羅，你把這事看得很嚴重。」

「我的朋友，是瘋子，就要謹慎以待。瘋狂的人是極度危險的。」

「當然，確實如此……我倒還沒有想到這一點。但我的意思是，它看來像是個愚蠢的惡作劇，也許是個醉昏頭的白癡幹的。」

「什麼？最？最什麼？」

「沒什麼，只是一種形容而已。我的意思是指一個酩酊大醉的人——不，真是的，我是說，那一定是個喝酒過了頭的人。」

「Merci[7]，海斯汀，『酩酊大醉』這種說法我還熟悉。如你說的，或許那只不過是……」

「可是你還是認為事有蹊蹺？」我問道，強烈感受到他語氣中的猶疑。

他不確定地搖搖頭，一言不發。

「那你對此做了什麼沒有？」我詢問。

「能做什麼呢？我把信交給傑派看，他與你的看法一樣，認為這是個拙劣的惡作劇，他就是這麼說。他們蘇格蘭警場每天都能收到一大堆這樣的信，而我，同樣也分到一份……」

「可是，你對這件事極為看重？」

白羅慢吞吞地回答：「這封信中有種什麼，海斯汀，我不太喜歡……」

他的聲調使我不禁認真起來。

「你以為……是如何？」

他搖頭，抓起信，把它重新又擺回書桌上。

「如果你真的認為這件事很嚴重，難道你不做些什麼嗎？」

7 法語，意思是「謝謝」。

「我仍是一個實踐者，可是這一次又能夠做些什麼呢？郡警察局也見過這封信，但也沒拿它當真。信上沒有指紋，也沒有線索表明誰可能是寫信者。」

「那真的僅僅是你的直覺嗎？」

「並不是直覺，海斯汀。直覺是個不恰當的字眼。是我的知識、我的經驗在告訴我，這封信有問題……」他表達不來，就用手勢表示，然後又搖搖頭。「我可能是在小題大做，無論如何，現在只有等待。」

「二十一日是星期五，如果有一件驚天動地的劫案發生在安多弗附近，那麼——」

「啊，那實在太令人安慰了——」

「安慰？」我不解。這個詞用得太出乎意料。「就算搶劫案只是令人『害怕』而已，可是無論如何，它也稱不上安慰啊。」我抗議道。

白羅用力搖頭。

「你錯了，我的朋友。你並不理解我的意思。我害怕發生的是別種案件，所以如果是搶劫案，那倒是種寬慰呢。」

「你認為會發生什麼呢？」

「謀殺案。」赫丘勒·白羅說道。

02

（並非海斯汀上尉的親身經歷）

亞歷山大・波拿帕・卡斯特先生從椅子中站立起來，近距離地環顧著這間破舊失修的臥室。他坐在一個狹窄的位子上，因此脊背僵直，而當他伸直全身的時候，旁人才會意識到，實際上他身材修長。他的彎腰曲背和喜歡近距離的端詳，會給人留下一種錯誤的印象。

他走向掛在門後的一件舊衣服，從口袋中掏出一包廉價香菸和火柴。他點上菸，返回原先就坐的桌邊，撿起一本鐵路指南仔細地審閱，然後又回過神來思忖一份用打字機列打出的名單。他用鋼筆在名單中的一個名字上畫了勾。

那天是星期四，六月二十日。

03 安多弗

白羅收到那封匿名信時所產生的預感，給我留下了深刻印象。可是我必須承認，二十一日那天到臨時，我早忘了這回事。一直要到蘇格蘭警場的傑派探長前來拜訪我的朋友時，我才回想起這件事。探長與我們早已結識多年，他向我表示熱烈的歡迎。

「哦，真沒想到！」他驚呼道，「但願海斯汀上尉並非來自於那片荒野（不管你們如何稱呼它）。如今在此地與您和白羅先生會面，又像是回到以前那些日子。您看上去也不賴，只是頭髮稍微有點稀薄。哦，其實我們以後都免不了，我也一樣。」

我微微退縮。我原本認為，由於我梳理頭髮時很仔細，傑派所提及的稀疏是很難被察覺到的。然而，傑派一向不夠圓熟，我只好面呈悅色，聲稱我們都不再年輕了。

「白羅先生可是個例外，」傑派說，「他的頭髮簡直可以去做潤髮劑的活廣告，臉上的鬍鬚也比以往更加茂密，這使他在夕陽之年仍具魅力。當今所有的著名案件中都會有他的身影，鐵道謎案、空中謎案、上流社會命案……哦，他總是無處不在。自從隱退以來，他是愈發聲名顯赫了。」

「我告訴海斯汀，我就像那種一再復出的第一女主角。」白羅說道，臉上笑意盎然。

「如果說有一天你是以偵破自身的死因而結束辦案生涯，我絲毫不感驚訝，」傑派盡情地笑道，「這個過程，應該被寫成一本書。」

「那就該由海斯汀來寫。」白羅說，一面對著我擠擠眼。

「哈，這只是個玩笑，只是個玩笑。」傑派笑了。

我難以理解這個想法有什麼好樂的，況且它根本是個無聊的笑話。白羅這個可憐的老傢伙，年事已漸高，那些有關他接近死亡的笑話，他聽起來一定很刺耳。

也許是我的神態舉止顯示出感受，傑派轉變了話題。

「你是否聽說了白羅先生的匿名信？」

「那天我已經給海斯汀看過那封信。」我的朋友說。

「當然，」我答道，「我都快有點忘了。讓我想想，信中提到的是哪一天？」

「二十一日，」傑派說，「這就是我來拜訪的原因。昨天就是二十一日。出於好奇，我昨晚打了通電話去安多弗。這封信確實就是個惡作劇。那裡什麼事情也沒發生，只是有間商店的櫥窗被砸——小孩子扔石頭，還有就是幾個醉鬼和肇事之徒。我們的比利時朋友這一次又浪費了精力。」

「我必須承認，我鬆了一口氣。」白羅說。

「你確實憂心了一陣，是嗎？」傑派關切地說，「上帝保佑你。我們每天都會收到幾十封諸如此類的信件。就是那些無所事事和神經不太正常的人才會坐下來寫信。他們並不會危害什麼，只是尋求刺激而已。」

「我把此事看得過於嚴重，確實是有點愚蠢。」白羅說，「我是在無中生有。」

「你把病貓當猛虎。」傑派說。

「你說什麼？」

「只是引用一句諺語。我得走了，隔壁街有點事還要處理——接收一批失竊的珠寶。我想我該順道來此一轉，讓你安下心來。真遺憾，又讓那些灰色腦細胞白費勁了。」

在話語聲和衷心的笑意中，傑派離開了。

「他沒太多變化，這個好心的傑派，是吧？」白羅問道。

「他看上去蒼老許多，灰灰白白的像獾一樣。」我懷恨地答道。

白羅咳嗽，說：「你知道，海斯汀，有一種小玩意兒——我的髮型師是個天才——你可以把這種玩意兒貼在頭皮上，然後把頭髮梳過去。這絕非假髮，你知道，那是——」

「白羅，」我吼道，「我永遠不會去碰你那位爛髮型師的爛發明！我的頭頂有什麼不對嗎？」

「沒有，完全沒有。」

「根本看不出有禿頭的跡象嘛。」

「當然沒有，當然沒有。」

「那裡夏季炎熱，自然會有一些頭髮脫落。我只需帶一些療效顯著的潤髮劑回去。」

「Precisement.[8]」

「再說，這關傑派什麼事呢？真是個無禮的壞傢伙，一點幽默感都沒有。如果有人想坐下時椅子恰好被拉走了，他就是那種笑得最大聲的傢伙。」

「很多人看到那種場面都會笑的。」

「簡直是毫無同情心。」

「對於那個要坐下的人來說，那當然是了。」

「噢，」我從憤怒中回過神來（我承認，說我頭髮稀疏令我很惱火），「很遺憾，匿名信最終還是虛驚一場。」

「在這件事上，我確實犯了錯誤。關於那封信，我以為自己聞到腐臭的氣味，而實際上只是被愚弄了。哎，我老了，已變得像瞎眼的看門狗一樣容易起疑心，即便是風平浪靜，也會嚎叫一番。」

8　法語，意思是「確實如此」。

「我若要與你合作，我們必須另外尋找些『好料的』經典案例。」我笑著說道。

「你是否還記得你那天所說的話？如果你能像點菜一樣挑選案件，你會選擇些什麼？」

我讚賞他的幽默。

「讓我想想，我們閱覽一下菜單。搶劫案？偽造案？不，我可不這麼認為，好像太素了一點。它必須是件謀殺案──帶有血腥味的謀殺案，當然，還要外帶些花色配菜。」

「那自然了。Hors d'oeuvres[9]。」

「誰會是被害人呢，男人還是女人？我想是男的，是某個大人物。美國籍的百萬富翁，首相，新聞大亨。犯罪現場呢──噢，古老的圖書館豈不妥當？沒有其他地方比它更具備氣氛。至於凶器嘛，必定是把精緻的匕首，或某個鈍器，一具神像石雕──」

白羅嘆了口氣。

「或者，當然，」我說，「還有毒藥，但那實在太專門了。或者是深夜中左輪手槍的射擊聲，然後會有一兩個俏麗的少女──」

「有一頭金棕色頭髮。」我的朋友輕聲道。

「又是這個老掉牙的故事。當然，其中一位少女必定因為某些誤解受到不公正的懷疑，說她與某年輕男子之間有牽扯。當然還會有其他嫌疑人：一位年長的婦人──是黑心、陰險的那類人、死者的某位朋友或對手、一位溫和文靜的祕書──是個出人意料的人物，還有一位舉止率直的好心人，一對被解雇的傭人或獵場看守人什麼的，還有一位像傑派那樣笨手笨腳的警探。哦，那就是全部的故事情節。」

「那就是你所謂『好料的』創意，對吧？」

「我猜你不會苟同。」

白羅傷心地望著我。

「你已經炮製一個極其完美的故事梗概，它包含了所有偵探故事的元素。」

「那麼如果是你，你會點些什麼菜呢？」

白羅闔上雙眼，斜著背靠入椅子裡，聲音從他的唇間愉快地冒出來。

「會是個非常單純的犯罪，絲毫不帶錯綜複雜的罪行。是一宗發生於平靜家居生活的罪案……毫無激情，極其 intime[10]。」

「可是一樁案子如何才算是 intime 呢？」

「試想，」白羅小聲道，「有四個人坐下來打橋牌，另外一位出局的傢伙，則坐在壁爐火邊的座位上。夜末時分，這個坐在爐火邊的人死了。原來四個人中有一個人，趁著攤牌後的時間走去謀殺他，而因為太專注於手中的牌局，其他三位居然都沒有察覺。啊，這個案子

9 法語，意思是「開胃菜」。

10 法語，意思是「隱祕」。

就值得你去解決！四個人中到底哪一位是凶手呢？」

「哦，」我說，「我看不出這有什麼刺激之處。」

白羅譴責地瞥了我一眼。

「是啊，因為這其中沒有一把精緻的匕首，沒有勒索，沒有一塊從神像眼中盜挖的祖母綠，也沒有無從追尋的東方劇毒。海斯汀，你的靈魂充滿通俗劇的影子。你有興趣的，已不是一件謀殺案，而是連續謀殺。」

「我承認，」我說，「故事中出現第二件凶殺案時總會令人振奮不已。如果在第一章凶案就已經發生，而一直看到書中的倒數第二頁都只在追查每個人的不在場證明，這樣的故事簡直太冗長乏味。」

此時電話鈴響，白羅起身接聽。

「你好，」他說，「你好，我就是赫丘勒．白羅。」

聽了一兩分鐘電話後，我發覺他臉色大變。

他的話語簡短且不連貫。

「是的……」

「是的，當然是……」

「是的，我們就來……」

「自然是……」

「可能正如你所說……」

「哦，我會帶上它的。那麼 a tout l'heure[11]。」

他掛上聽筒，穿過房間走向我。

「海斯汀，是傑派打來的電話。」

「有什麼事嗎？」

「他剛剛回到蘇格蘭警場，說是有消息從安多弗傳來。」

「安多弗！」我激動地尖聲呼叫。

白羅慢吞吞地說：「有個姓阿雪爾（Ascher）的老太太，平常開一家販賣香菸報紙的小店，被人謀殺了。」

我想我略微感到沮喪。我的好奇心在乍聽到安多弗這三個字時曾挑動起來，現在卻受到了小小的考驗。我以為會是件多怪誕的事件——但完全不是那麼回事！一個開小菸鋪的老太太被人殺害，這件事看來不免有些沉悶和無趣。

白羅繼續緩慢、陰沉地說：「安多弗的警方認為他們可以抓到凶手——」

我再次感到一陣失望。

11　法語，意思是「等會見」。

「那女人像是和她丈夫關係不佳。他酗酒，是個非常齷齪的傢伙，他曾經不止一次地揚言要殺她。而且，」白羅繼續說道，「鑑於此事已發生，那邊的警察期望能再審閱一下我所收到的匿名信。我已告訴他，你和我會立即動身去安多弗。」

我的精神為之一振。儘管這一案件看似沉悶，但畢竟是犯罪案件，我已經有很長時間不曾接觸罪案和罪犯了。

我幾乎沒有去聽白羅緊接下來所說的話，但這句話日後再想起時，卻是意義重大。

「這僅僅是開始。」赫丘勒．白羅說道。

04 阿雪爾太太

在安多弗，接待我們的是格倫警官。他個頭頗高，頭髮勻稱，笑容可掬。

為了簡要起見，我認為最好還是就該案件的扼要實情做一個概述。

本案是由安多弗警員在二十二日凌晨一點時發現的。他當時正值巡視，上前查看該商店的門，發現門並未上鎖。他進門後，先是發覺店內空無一人，把手電筒照向櫃檯後，隨即發現老太太那蜷縮成一團的屍體。法醫來現場後，認定老婦人可能是在回身從櫃檯後面的貨架上取一包香菸時，被人重擊後腦致死。死亡已確定發生在九到七個小時以前。

「但我們已將案發時間查得更確切一些。」警官解釋道，「我們發現當晚五點三十分時有一男子進店買了菸，而第二個人進去時，則發現店內空無一人，據他自己認為，那時是六點五分。那麼案發時間應該是在五點半到六點五分之間。到目前為止，我還沒發現附近有誰在那段時間見過那個阿雪爾，可是現在下定論當然還為時過早。她丈夫九點鐘還在三冠酒吧，喝得酩酊大醉。我們一抓住他，就會以涉嫌謀殺的罪名拘留他。」
「他並不是個討人喜歡的傢伙吧，警官？」白羅問道。
「是個令人討厭的傢伙。」
「他不與妻子住一起嗎？」
「不，他們多年前就已分居。阿雪爾先生是個德國人，他曾當過服務員，可是他嗜酒，隨後漸漸地丟了飯碗。他太太便出去做點事，她最後的工作是在老羅斯小姐家裡做廚師和管家。她的薪水有很大一部分都給了她丈夫，但他總是喝得醉醺醺的，四處遊晃，並到她工作的地方丟人現眼。那就是為何她老遠跑到格蘭奇去為羅斯小姐工作。那地方離安多弗三英里多，地處靜僻的鄉郊野外，所以他再也無法去那兒找她。羅斯小姐過世後，留給阿雪爾太太一小筆遺贈，她因此可以做些賣香菸和賣報的生意，鋪子非常小，只賣些廉價的香菸和報紙等物品，也僅是能餬口。她先生則常常闖來店裡，不時恐嚇她一番，而她則給些錢打發他。她每週固定給他十五先令。」
「他們有孩子嗎？」白羅問。
「沒有。有個外甥女，在奧弗頓附近做事，是個優秀且穩重的年輕姑娘。」
「你說這個阿雪爾常威脅他妻子？」
「對啊。他喝醉酒時模樣極其恐怖，常常詛咒、揚言要砸破她的頭顱。阿雪爾太太，她過得挺辛苦的。」

「那麼她有多大年紀了？」

「也快六十了。她為人正派，做事也很賣力。」

白羅嚴肅地說：「警官，你認為是這個叫阿雪爾的男人幹的？」

警官疑慮地咳嗽了一下。

「現在下結論還太早，白羅先生，可是我倒是想聽聽弗朗茲‧阿雪爾自己的說法，看他如何解釋他昨晚是在哪兒度過的。如果他的描述能令人信服，那就好。但如果不能——」

他語氣停頓，意猶未盡。

「店裡面什麼東西也沒丟嗎？」

「什麼都沒丟。抽屜裡的錢沒有人動過，毫無跡象表明是搶劫。」

「那你認為會不會是那個阿雪爾喝醉酒到店裡來，欺負他妻子，最後打倒了她？」

「看起來這是個說得過去的解釋。可是我必須要表明，先生，我想再看看你所收到的那封信。我也正在納悶，這是否真的是阿雪爾幹的？」

白羅遞過信去，警官則緊鎖著眉頭讀信。

「看起來不像是阿雪爾幹的。」他隨即說道，「我懷疑阿雪爾能否寫得出『我們——的英國警察』這種詞語，除非他是故意耍詐，否則我不認為他有這種智慧。那傢伙身體孱弱，可說是弱不禁風，雙手顫抖得很厲害，沒辦法用打字機打出這麼清楚的字。另外，這封信用的是高級的便箋紙及墨水。令人奇怪的是，它居然提到了本月二十一日。當然，也可能只是個巧合。」

「那倒可能——是的。」

「可是我不喜歡這樣的巧合，白羅先生，這也太恰巧了。」

他靜默了一兩分鐘，皺著眉頭，前額泛起摺痕。

「ABC，這個ABC究竟是個什麼樣的惡魔？我們看看瑪麗．卓爾（即死者的外甥女）能否給我們一些幫助。這真是件怪事，如果沒有這封信，我可以掏錢打賭是弗朗茲．阿雪爾幹的。」

「你了解阿雪爾太太的過去嗎？」

「她來自漢普郡，少女時代就來到倫敦做工，在那裡遇到阿雪爾並結了婚。戰爭期間他們過得很苦，而實際上，她在一九二二年就離開了他，當時都還在倫敦。為了躲避阿雪爾，她回到這裡，但他也聞風而來，追隨至此，糾纏著她要錢——」這時有個警察進屋來。「布里格斯，什麼事？」

「是阿雪爾，我們把他帶來了。」

「好，帶他進來。在哪裡找到他的？」

「他躲在鐵道旁的一輛貨車裡。」

「是嗎？把他帶來吧。」

弗朗茲．阿雪爾是個卑鄙而粗暴的怪人，他不斷哭訴著，時而諂言獻媚，時而怒聲謾罵，一雙模糊呆滯的眼睛偷偷掃掠過一張張臉。

「你們想對我做些什麼？我可是什麼也沒幹。把我押到這裡來真是可恥的行為。你們這些豬玀，竟敢如此？」他突然間又轉換了一副腔調。「不，不，我不是那意思——你們不該傷害一個可憐的老頭子，別對他太冷酷無情。每個人對可憐的老弗朗茲都那麼冷酷。可憐的老弗朗茲。」

阿雪爾先生開始抽泣起來。

「得了吧，阿雪爾。」警官說，「你鎮靜點，我可還沒有指控你什麼。你也用不著做什麼聲明，除非你自己樂意。再者，只要你未涉入你太太的謀殺案——」

阿雪爾打斷他的話語，他的聲音幾近尖叫。

「我可沒殺她！我可沒殺她！這全是胡扯！你們這群可惡的英國豬——都來找我麻煩。我絕對沒有殺害她，絕對沒有。」

「可是你經常恐嚇她，阿雪爾。」

「不，不，你並不理解。那只是開玩笑，是我和艾麗絲常開的玩笑，她很明白的。」

「真是個可笑的玩笑。那你倒是說說看，昨天晚上你是在哪兒度過的？」

「好，好，我全告訴你。我沒去找艾麗絲，我和朋友們——我的好朋友在一起，我們在七星酒吧，然後，我們又去了紅狗酒吧——」他匆匆忙忙地說著，話語結結巴巴。「迪克．威勒斯和我在一起，還有老柯迪、喬治以及普拉特和一大堆小夥子。我可以告訴你，我可從沒碰過艾麗絲。Ach Gott![12]我說的全是實話。」

他的聲音高得近乎尖叫。警官則朝他的手下點點頭。

「把他帶走吧，以嫌疑犯拘留起來。」

「我不知道該如何判斷，」他說道。那個搖搖欲墜、長著凶惡下巴的老頭被帶走了。「要不是因為那封信的緣故，我會認定是他幹的。」

「他所提到的那些人怎麼樣？」

「也是群壞蛋，但他們倒是沒人會做偽證。我絲毫不懷疑他昨晚大部分時間是與這些人在一起。還要看有沒有人在五點半到六點之間見過他在商店附近出現。」

白羅若有所思地搖搖頭。

「你確定店裡的東西都沒少？」

警官聳聳肩膀。

「看你指的是什麼。可能是有一兩包菸被拿走，但不會有人為拿幾包香菸而殺人的。」

「那麼說，也沒什麼物品……我該怎麼說呢，被帶進店裡嗎？有什麼奇特或是不對勁的東西嗎？」

「有一本鐵路指南。」

「鐵路指南？」

「是的，書是打開著的，朝下放在櫃檯上。看起來像是有人在查詢從安多弗開出的火車班次，一定是這個老婦人或顧客的。」

「她出售那種東西嗎？」

警官搖頭。

「她賣小冊的時刻表。這是一本很大的鐵路指南，只有在史密斯書店或大型文具店才會販賣。」

白羅的眼睛一亮，身體向前傾斜。

警官的眼睛也閃了一下光。

「一本鐵路指南，是布萊蕭鐵路時刻表[13]，或是一本ABC鐵路指南[14]？」

「上帝啊，」他說道，「是一本ABC鐵路指南。」

12 德語，意思是「我的老天」。

13 由英印刷商喬治．布萊蕭（George Bradshaw）於一八三九年所發行的全英火車時刻表，一九六一年停刊。

14 英國全國火車、客運的時刻表，因以A、B、C的順序排列，故名。

05 瑪麗・卓爾

我想，我可以確定我對此案燃起興趣，是打從ABC鐵路指南被提及的那一刻開始。在此之前，它還沒能喚起我太多的熱情。這樁殺害後街小店老婦的卑鄙謀殺案，太像是那種見諸於報端司空見慣的犯罪，已無法吸引人們特別的關注。先前，在我的腦海中，我認為匿名信中提到的二十一日是偶然的巧合。我有理由確信，阿雪爾太太是她丈夫酗酒後蠻勁大發的犧牲品。可是現在所提及的鐵路指南（每個人都熟悉那指南的簡稱就是ABC，因為書中是按字母順序列出火車站名）則帶給我一陣激動。太明顯了，這總不會又是巧合吧？

那樁卑劣的罪行開啟了新的一頁。

誰會是那個殺害阿雪爾太太之後，又留下一本ABC鐵路指南的人呢？

離開警察局後，我們首先要去查訪的，便是去殯儀館檢查老婦人的屍體。當我低頭注視那張布滿皺紋的蒼老面孔時，看見她頭上稀疏的白髮從太陽穴兩側緊緊地貼掛下來。她看上去是如此的平靜安詳，絕不像是經暴力致死。

「她永遠不明白是誰用了什麼物體擊倒她的，」警官解釋道，「克爾醫生就是這麼說的。我倒很高興是如此。可憐的人，她是位莊重的女士。」

「她年輕時一定十分美麗動人。」白羅說。

「是嗎？」我懷疑地小聲嘟囔。

「是的。你看看她下巴的線條，還有骨骼、頭顱的輪廓。」

他蓋上布單，嘆了口氣，我們隨即離開殯儀館。

我們的下一步行動是與法醫簡短會面。

克爾醫生是位中年人，長相精明幹練，講起話來輕鬆活潑，堅決果斷。

「沒找到凶器，」他說，「就不可能斷定。粗重的棍子、棒棰、沙袋，這些東西都可以做案。」

「這種猛擊是否需要用很大的力氣？」

醫生敏銳地瞥了白羅一眼。

「你是指，一個搖搖欲墜的七十歲老人是否幹得了這事？噢，可以。這完全有可能。在凶器的頂部施加適當的重量，即便是個很虛弱的人也辦得到。」

「那麼凶手有沒有可能是個女的？」

這種假設令醫生吃了一驚。

「女的？我從未把這樣的謀殺案與女人聯想在一起。可是當然這也有可能，完全可能。只是，從心理角度來講，我認為這案子不是女人幹的。」

白羅贊同地迅速點點頭。

「確實如此。從表面上看，這的確極不可能，可是我們必須考慮所有的可能性。當時屍體是怎樣躺著的？」

醫生詳細地向我們描述被害人的姿勢。他認為，老太太在受到襲擊時，正好背對櫃檯站著（也就是背部朝向攻擊者）。她躬身跌倒在櫃檯內部，每個進店來的人都很難看見她。

當我們向克爾醫生道謝並離開後，白羅說道：「你設想一下，海斯汀，我們又進一步證明，阿雪爾是無辜的。如果他施虐並威脅他妻子，她也該是隔著櫃檯面對他。而事實上，她卻是背對著襲擊者。很顯然，她是在為顧客拿取香菸。」

我感到一陣戰慄。

「真令人毛骨悚然。」

白羅黯然搖頭。

「Pauvre femme[15]。」他低語道，隨即看了一眼手錶。「奧弗頓離這兒不太遠，我想。我們趕去那兒見見老太太的外甥女，如何？」

「你確定我們不該先去案發的那家商店？」

「我希望隨後再去，我自有道理。」

他沒再繼續解釋下去。數分鐘後我們便行駛在倫敦的馬路上，朝著奧弗頓的方向前行。警官給我們的地址，是該村一幢巨宅，占地一英里，位於和倫敦同方向的地方。

按響門鈴後，前來應門的是個漂亮的黑髮姑娘，她雙眼紅腫，顯然剛剛哭過。

白羅溫和地說道：「我想你就是瑪麗·卓爾小姐，這家的女僕？」

「是的，先生，沒錯。我就是瑪麗，先生。」

「那麼，如果你的女主人不反對，我想和你談幾分鐘，關於你姨媽阿雪爾太太的事。」

「女主人不在家，先生。如果你們進屋來談，我想她不會介意的。」

她打開一間小客廳的門，我們進了屋子。白羅坐在窗邊的一把椅子上，抬頭關注地凝視著這位小姐的臉。

「你想必已經聽說了你姨媽被害的事情？」

她點點頭，眼睛裡淚水愈湧愈多。

「今天早晨聽說的，先生。警察來過這裡，噢，實在是太可怕了。可憐的姨媽，她的命可真苦啊。現在又——這實在太恐怖了。」

「警察難道沒要你回一趟安多弗嗎？」

「他們告訴我，我必須去接受調查，要我星期一去，先生。可是我現在到那裡已沒有地

15 法語，意思是「可憐的女人」。

方可去——我無法想像走進那家店鋪。而且，我可不想因我這個傭人離開，而讓女主人太為難了。」

「你很喜歡你的姨媽吧，瑪麗？」白羅溫和地問道。

「說實話，我確實喜歡她，先生。她對我一直關懷備至，我十一歲母親去世後，就跑去倫敦找她。我十六歲開始做事，但休假時我通常會去姨媽那兒。她與那個德國人在一起就一直麻煩不斷，她過去常常稱他為『我的老冤家』，這個靠依賴、乞討過活的老鬼，到哪兒都不讓她安寧。」

這小姐言辭激烈。

「你姨媽難道從未想過採法律的途徑，從這種壓迫中解脫出來嗎？」

「你知道，她是他的太太，先生，那是無法從中解脫的。」她簡單回答，口氣斷然。

「告訴我，瑪麗，他曾經威脅過她，是不是？」

「噢，是的，先生。他說的那些話的確很可怕，他威脅說要割斷她的喉嚨等等。他還喜歡用德語和英語詛咒、謾罵。可是姨媽說，結婚時他是個英俊的男人。先生，一想到人會變成那種樣子，真是令人心寒。」

「哦，確實如此。我猜想，瑪麗，你親耳聽過這些威脅，所以當你得知發生事情之後，你並不感到很驚訝？」

「哦，我非常吃驚。您知道，先生，我從不認為他真會那樣做。我認為，那些威脅和罵髒話一樣，沒什麼別的用意。姨媽看來也不像是懼怕他，因為我曾經見過姨媽發怒，當時他像隻狗一樣地夾著尾巴溜走了。您可以說，他也挺怕姨媽的。」

「她給他錢嗎？」

「他是她的丈夫呀，先生。」

「是的，你剛剛說過。」他停頓了一兩分鐘，隨即說道：「總之，就假設，他並沒有殺害她。」

「沒殺害她？」

她眼睛發直。

「那是我的看法。假設是別的人做的……你有沒有什麼想法，可能會是誰呢？」

她盯著他看，眼睛中帶有更多的驚愕。

「我倒是沒什麼想法，先生，看來誰都不可能。」

「沒有什麼人讓你姨媽感到害怕嗎？」

瑪麗搖搖頭。

「姨媽從不懼怕任何人。她伶牙俐齒，誰都敢對抗。」

「你從未聽過有誰對她懷有惡意？」

「沒有，先生。」

「她有沒有收過匿名信？」

「你說的是什麼樣的信，先生？」

「沒人簽名的信——或只是簽了個ABC之類的東西。」

他仔細觀察著她，發現她此刻有點茫然。她詫異地搖了搖頭。

「除了你之外，你姨媽還有其他親戚嗎？」

「現在已經沒有了，先生。她是十兄妹中的一個，但十個人當中只有三位兄弟姊妹長大成人。湯姆舅舅在戰爭中身亡，哈里舅舅則去了南美，從此杳無音訊。媽媽去世後，就只剩下我了。」

「你姨媽有沒有積蓄？或是攢了些錢？」

「先生，她在薩文斯銀行有點積蓄——她總是說足夠她置辦後事。其餘的，僅可以勉強度日，包括供養她那位老冤家，還有所有開銷。」

白羅若有所思地點點頭，像是在自言自語地說：「現在一切都像在黑暗中摸索，毫無方向。一旦案情更清晰明瞭——」他起身說，「瑪麗，如果需要你幫助的話，我會寫信給你。」

「實際上，先生，我正打算離開這裡。我並不喜歡鄉村生活。我之所以留在此地，是覺得離姨媽不遠，對她來說是個安慰。可是現在——」淚水再次溼潤了她的眼睛，「我已毫無理由再待下來。我會回倫敦去，住那兒對一個女孩子來說，是快樂多了。」

「那我希望，當你到達那裡之後，告訴我你的住址。這是我的名片。」

他把名片遞交給她。她看著名片，滿臉疑惑地皺眉頭。

「那您……不是……警察局的人嗎，先生？」

「我是一名私家偵探。」

她佇立在那裡，眼望著他，沉默了好長一段時間。

終於，她說道：「是不是還會有什麼怪事發生，先生？」

「是的，孩子，是有令人費解的事情會接著發生。你以後也許幫得上我的忙。」

「我會盡我最大的力量，先生。姨媽被人謀殺，真是天理不容。」

她表達的方式很奇特，但感人肺腑。

片刻之後，我們便行駛在回安多弗的路上。

06 犯罪現場

發生悲劇的小街道是主街的一條巷弄。阿雪爾太太的小店就坐落在這條街靠右側的中段位置。

當我轉過街角、進入小巷時，白羅瞅了一眼手錶，我這下子才意識到，他為何要拖延時間，直到現在才到犯罪現場來。此時剛好五點半，他希望盡可能地體驗昨天的氣氛。但他的目的是無法達到了。很顯然，此時此刻，那街上的情景與昨日是大相逕庭的。街道中，有數家小店鋪散布在貧民階層的私人住宅中間（我猜，在平日，那裡該有許多人來往走動），間或有幾個孩子在人行道和馬路上玩耍。

倒是某處有一大堆人圍站著，盯著其中一間房子或商店看。無庸置疑，這裡發生過什麼事。我們所看到的是，一大群人正興致高昂地注視著某個同類被謀殺的地方。

我們愈來愈靠近，愈發感到命案的真實感。那間暗淡小店的窗板緊關著，店前站著一位滿臉煩躁的年輕警察，呆頭呆腦地引導人群「繞行」。他在一名同事的協助下轉移人群，一些人不情願地嘆嘆氣，然後服從命令，移動了位置。其他人則立刻走上前來卡位，盡情地瞪眼瞅著謀殺案發生之地。

白羅在離人群有一定距離的地方停下來。從我們站立的地方，可以很清晰地看到門上方的油漆招牌。白羅低聲重複招牌上的字：「A．阿雪爾。是的，可能是這個地方——」他突然停止講話。「來，我們進去看看，海斯汀。」

我早已經迫不及待了。

我們穿過人群，與那位年輕警察打招呼。白羅出示了警官事先給他的通行證，警員點了點頭，打開門，讓我們進到店內。我們於是走進那家令旁觀者興趣沸然的小店內。

由於窗板緊閉，屋內相當黑暗。警員找到開關，打開電燈，由於功率很低，房間在燈光下依然昏暗。

我察看四周的情形。

這是一個昏暗單調的小房子。幾本廉價雜誌散亂地攤著，還有昨天的報紙——上面已落有一整天的塵土。櫃檯之後安放著一排貨架，高達天花板，架上擺放著菸草和盒裝香菸，還有幾瓶薄荷糖和麥芽糖。這是一家極其普通的小店鋪，只是幾千家中的一家。

警員用他那低沉的漢普郡口音解釋現場狀況。

「她倒在櫃檯後面，縮成一堆。法醫說她自己都不知道是什麼東西襲擊了她。她當時一定是在貨架上取東西。」
「她手中什麼也沒有嗎？」
「沒有，先生，但她身旁有一包普賴爾牌香菸。」
白羅點頭。他的眼睛掃過這個小房間，四處搜索查找著。
「那麼鐵路指南放在哪裡？」
「這兒，先生。」警員在櫃檯上指出來。「書本打開著，正好是安多弗的那一頁，朝下倒放著。看來那個人必定在查詢去倫敦的火車。如果是這樣的話，那名凶手就不會是安多弗人。不過，這本鐵路指南當然也可能是屬於某個與謀殺案無關的人，他可能只是遺忘在這裡而已。」
「有指紋嗎？」我探問。
那人搖頭。
「整個地方都進行了檢查，先生，沒有任何指紋。」
「櫃檯上也沒有嗎？」白羅問道。
「那兒則實在太多了，先生。所有的指紋都混雜在一起，無從分辨。」
「其中有阿雪爾的指紋嗎？」
「現在斷言還為時過早，先生。」
白羅點頭，然後問他，那婦人是否住在店內。

「是的，先生，您穿過這扇門，她就住在後面。請原諒我無法跟您進去，我還是待在這裡……」

白羅穿過那扇門，我追隨著他。店後是一處包括了客廳和廚房的小型住所，房間整齊潔淨，但看上去陰鬱沉悶，擺放少量的家具。壁爐上擺著幾張相片，白羅也與我一起看。共有三張照片，有一張是瑪麗．卓爾的劣質相片，也就是我們下午見到的那個小姐。她顯然穿著最好的衣服，臉上帶著不自然、呆板的微笑，在那種強調姿勢的照片中，這種微笑往往會破壞照片的整體表現，而更適合於快照。

第二張相片是貴一些的那種，裡面是一個經藝術加工而變得朦朧的白髮老婦人，高聳的毛皮衣領直立著裹住脖子。

我猜想，那位夫人一定就是羅斯小姐，是她留給阿雪爾太太一小筆遺贈，才使她開始做生意。

第三張照片非常陳舊，已經褪色泛黃。照片中是一對年輕男女，身穿老式服裝，手挽手站在一起。男人的衣服上有個鈕釦眼，整張照片顯現出以往的歡樂。

「很可能是結婚照。」白羅說，「看看，海斯汀，我是否告訴過你，她從前是個漂亮的女人？」

他說對了。儘管留著舊式髮型，身著奇異服飾，照片中的女孩依然透出靈秀之氣，她五官清麗，儀態活潑大方。我靠近地觀看另一個人，那是個英俊聰明、軍人儀態的年輕男子，我幾乎認不出他就是那個骯髒頹廢的阿雪爾。

我回想起那個斜著眼睛酩酊大醉的老人，和死去老婦那張勞累滄桑的臉龐，時光流逝的無情令我顫然一驚……

客廳的樓梯通向樓上的兩個房間，其中一間空空如也，毫無擺設，另一間則顯然是老婦人的臥室。警方搜查後，房間又回復原樣。床上有幾條破舊的毯子，抽屜裡有一堆精心織補過的內衣，另一個抽屜內則是烹飪用的佐料，一本平裝本的小說《綠洲》，一雙新襪子（可憐兮兮地泛著廉價的餘光），幾件瓷品（其中德累斯頓牧羊人破損了大部分，還有一隻黃色斑點的小狗），木釘上掛著黑色雨衣和一件無袖羊毛罩衫。這些就是晚年的艾麗絲·阿雪爾的全部家當。

即便有什麼私人信件，警察也一定先拿走了。

「可憐的女人，」白羅小聲說，「走吧，海斯汀，在這裡我們找不到什麼。」

當我們再次走上街道時，他突然遲疑了一會兒，然後穿過馬路。正對著阿雪爾太太小店的是一家蔬果店，是那種把大部分貨品擺在門外而不是店內的小店鋪。

白羅以極低的聲音給了我一些指示，然後他進入店內。我過了一兩分鐘後才進去。他正在為一顆萵苣討價還價，我則買了一磅草莓。

白羅主動與那位接待他的胖婦人搭訕談話。

「在你的正對面，就是那件謀殺案發生的地方嗎？多麼可怕的事情啊！它一定嚇到你了吧。」

這個敦實的婦人顯然已厭倦了談論謀殺案，她八成一整天都被人追問個不休。她答道：「真希望那些圍著看熱鬧的人群趕快散去。那到底有什麼好看的？」

「昨夜的情形一定很不尋常，」白羅說，「很可能你也見過進入小店的那個兇手了——是不是一個長著鬍子、身材高高、滿帥的男人？我聽說是個俄國人。」

「什麼？」那婦人吃驚地抬眼看。「你說是個俄國人幹的？」

「據我了解，警方已經將他逮捕了。」

「你怎麼知道，」婦人很激動，不停地說，「是個外國人幹的？」

「是外國人。我想可能你昨晚看到了那個人。」

「噢，我並沒有太多機會注意外面，事實上我什麼都沒看見。傍晚我們一向很忙，總會有一些人下班回家時路過這裡。一個長著鬍子、個頭高且滿帥的男人……不，我沒見過那種長相的人。」

我上場插話。

「對不起，先生，」我對白羅說，「我想你可能聽錯了，有人告訴我是個身材矮小的黑人。」

隨即那名胖婦人、她瘦長的丈夫和一個聲音沙啞的店員均加入這場有趣的討論。他們看過的矮小黑人不下四位，聲音沙啞的男孩則看過一個高大、英俊的男人，「可是他沒有留鬍子。」他遺憾地補充道。

最後，我們買好各自的東西，離開了那家店鋪，留下一團胡編亂造的謊話。

「為什麼要那樣做呢，白羅？」我帶著責備的口吻質問。

「我想推測一下，一個陌生人進入對面商店時被注意到的機率有多大。」

「你難道不能直接問？何必要編造那一大堆假話？」

「不行，我的朋友，如果像你說的，直接問，我根本得不到任何答覆。你雖是英國人，可是你看來並不了解英國人對『直接的問題』的反應。他們一定會心生疑竇，自然就謹言起來。如果我向他們開口打聽消息，他們會像牡蠣一樣緘口不語。只有提出自己的觀點，而且是個有些荒謬的觀點，再加上你自相矛盾的論調，人們才會鬆口。我們也知道那段時間『店內很忙』——那就是說，每個人都只關注自己手中的工作，而人行道上確實會有相當多的人來往穿行。我們的凶手選擇的時間極佳，海斯汀。」他停頓一下，然後頗含責備之意地補充道：「你怎麼連一點常識都沒有，海斯汀？我告訴你買些 quelconque[16] 的東西，你卻故意選擇草莓！這些草莓已開始滲過紙袋，危及你漂亮的外套了。」

驚愕之餘，我發覺的確如此。我倉卒地把草莓遞給一個小男孩，他看上去極為驚訝，微微地帶著疑心。

白羅把萵苣也交給他，這樣才使男孩的疑惑得以消除。他繼續進行教誨：「在一家廉價的蔬果店……那種地方的草莓可買不得。草莓，除非是剛摘的，否則一定會滲出汁的。你要買香蕉、蘋果，甚至是一顆白菜都可以，可是草莓……」

「它是我想到的第一樣東西。」我帶著歉意解釋道。

「連想都不應該。」白羅嚴厲地回看我。

他在路邊停下來。

阿雪爾太太商店右鄰的房屋和小店空著，窗上出現「轉讓」標識。另一邊則是間房子，掛著滿是汙垢的窗簾。

白羅走向那間房子。那兒沒有門鈴，他用門環著實地敲打了許多下，發出尖利的響聲。

過了一會兒，門打開了，開門的是個渾身髒透了的小孩，鼻子亟需清洗。

「晚安，」白羅說，「你媽媽在家嗎？」

「啊？」小孩叫道。眼睛盯著我們看，一副不悅之色和懷疑的神態。

「你媽媽在嗎？」白羅說。

過了好一會兒小孩才把話聽懂，他轉過身大聲叫著爬上樓去：「媽媽，有人找。」隨後迅速退回房內的暗處。

一位臉部輪廓分明的婦人越過欄杆望過來，並開始走下樓來。

16 法語，意思是「隨便」、「普通」。

「你們還是不要浪費時間的好。」

她開始說，但白羅打斷了她。

他摘下帽子，動人地鞠了一躬。

「晚安，太太。我是《夜火報》的工作人員，我想請您收下我們致贈的五鎊錢，讓我們為您已故的鄰居阿雪爾太太寫篇文章。」

她收斂怒罵，從樓上慢步走下來，梳理一下頭髮，曳拉一下襯衣。

「進來吧，請——到這邊來。請坐。」

由於擺著一套巨大的詹姆士一世時期的仿製家具，小巧的房間顯得過度擁擠，但我們還是設法把自己塞進一把硬邦邦的沙發之中。

「請原諒，」婦人開口說話，「我想我剛才說話太衝了點，但您恐怕沒法想像我必須應付的麻煩——總有人來推銷這個，推銷那個，還有許多其他的物品，真空吸塵器、長筒襪、薰衣草編織的提包和諸如此類的騙人玩意兒。每個人都口齒伶俐，能言善道。他們還挺有辦法的，能探聽到你的名字，然後口口聲聲地稱呼你福勒太太這福勒太太那的。」

白羅機敏地記住她的姓名，說：「福勒太太，我希望您能按照我的提問回答。」

「我真的什麼事都不知道。」五鎊錢擺在福勒太太的眼前誘惑。「當然，我認識阿雪爾太太，可是說不出什麼值得寫的事情。」

白羅馬上再次向她保證，她並不需要做什麼，他只是要從她這裡得到真實情況，這次採訪會被描寫得有聲有色。

福勒太太受此鼓勵後，極其心甘情願地沉浸於回憶、推測和傳聞之中。

「阿雪爾太太從來不與人來往，稱不上所謂的友善，但她也確實有一堆麻煩，可憐的人，每個人都知道這些事。按理說，弗朗茲・阿雪爾數年前就該被拘留起來。阿雪爾太太其實並不懼怕他——她若被激怒，可不是好惹的。她會把每日所得盡數給他，可是那個無賴來找她的次數太多了。福勒太太曾多次告誡她：「總有一天這傢伙會對你動手的，記住我的話。」他果真做了，不是嗎？而她，福勒太太，身處鄰室，卻絲毫沒有聽見任何動靜。

白羅趁停頓時插了一句問話。

「阿雪爾太太是否曾收過怪異的信件，那種沒有任何簽名的信，或是僅簽了個ＡＢＣ之類的東西？」

很遺憾，福勒太太報以否定的回答。

「我懂您指的那種東西，他們稱之為匿名信，內容大都是些你不好意思大聲嚷嚷的事。哦，這事我不知道，就算阿雪爾寫過那種信，阿雪爾太太也不會讓我看的。還有什麼？鐵路指南，那本ＡＢＣ？我從沒見過這樣的東西，而且我也確信，如果有人送了這樣一本書給阿雪爾太太，我會聽說的。老實說，當我聽到這一切時，我嚇得手腳發軟。是我女兒伊蒂告訴我的。『媽媽，』她說，『隔壁來了很多警察。』這的確使我感到非常吃驚。『唉，』我聽完此事後說：『她不該單獨住在那個屋子裡，她那個外甥女應該來跟她同住。一個喝醉的人就像隻貪婪的狼，』我說，『我認為，她那個惡魔丈夫不折不扣就是隻野獸。我也曾警告過她好多次，』我說，『現在我說的話應驗了，小心他對你動手。』如今他果真動手殺了她！你永遠無法預料一個喝醉的人的行為，這件謀殺案就是明證。」

她極為激憤，深深嘆了口氣。

「我想，沒有人看見阿雪爾進過商店吧？」白羅說。

福勒太太含帶譏諷地嗤之以鼻。

「他自然不會讓人看見自己。」她說。

但她並沒有解釋阿雪爾先生是如何進到店裡又不讓人看見的。

她也承認那間房子沒有後門可以進入，而阿雪爾在這個街區是個大家都熟知的人物。

「可是他總不會招搖過市，而是把自己隱藏得很好吧。」

白羅讓談話繼續進行一會兒，但等到福勒太太已將她所了解且多次對人談過的實情和盤托出時，白羅中斷了談話，隨即支付了曾許諾的金額。

「可惜了五鎊錢，白羅。」當我們再次走上街道時，我評論道。

「目前看來，是的。」

「你認為她還有什麼隱而不談的嗎？」

「我的朋友，我們現在正陷於『不知該問什麼』的狀態，我們就像是在黑暗中玩捉迷藏的小孩，只能張開雙臂，四處摸索。福勒太太已經告訴我們她了解的一切，而且提出好幾個極具價值的推測。再過一段時間，她提供的線索必定會用得著。我是出於將來的考慮而預先投資了那五鎊錢。」

我其實並沒弄懂其中的道理，但就在此刻我們便碰到格倫警官了。

07
帕翠奇先生和里德爾先生

格倫警官面色極其陰沉。我猜想，他整個下午一定是在拼湊一份名單——被人看見進入那家店鋪的人。

「有人見過誰進過菸草店嗎？」白羅問。

「哦，有。有三個神情詭異的高個子，四個鬍子黝黑的矮男人（其中兩個長著絡腮鬍子），三個胖男人，全都是陌生人。如果我相信證人的話，他們這些人全都長得面目猙獰！我倒奇怪，怎麼沒人說見過一群手持左輪手槍的蒙面人在附近出現！」

白羅贊同地微笑。

「有人見過那個阿雪爾嗎？」

「不，沒人見過。那倒是對他挺有利的。我已經告訴警察局長，我認為這件事該讓蘇格蘭警場來管，這不是件本地的案子。」

白羅嚴肅地說：「我同意你的觀點。」

警官說道：「你知道，白羅先生，這確實是件令人作嘔的案件，令人作嘔……我可不喜歡它……」

在我們回到倫敦之前，又進行了兩次探訪。

第一次是與詹姆斯・帕翠奇先生。帕翠奇是最後一位見到阿雪爾太太的人，他五點三十分去她店裡買過東西。

帕翠奇先生個頭矮小，在一家銀行當職員。他帶著夾鼻眼鏡，外觀乾癟瘦小，言辭極端精確。他住所的房子如同他本人一樣乾淨整潔。

「白羅──先生，」他說道，一邊盯著我朋友遞給他的名片看。「由格倫警官介紹來的？白羅先生，我能為您做些什麼？」

「帕翠奇先生，據我了解，你是最後一位見到阿雪爾太太的人。」

帕翠奇先生把指尖併攏到一塊兒，望著白羅，彷彿他是張可疑的支票。

「這個問題有待商議，白羅先生。」他說，「許多人有可能在我之後去她那兒買東西。」

「如果是這樣，他們應該會出來說明。」

帕翠奇先生咳嗽。

「有些人，白羅先生，根本就沒有社會責任感。」

他透過眼鏡面目嚴肅地望著我們。

「您所言極是，」白羅小聲說道，「我知道，你是主動去警察局的。」

「沒錯。一聽說那個令人髮指的事件，我就想，可能我的證詞會對破案有幫助，所以就主動去說明情況。」

「真是精神可嘉。」白羅莊重地說，「也許要請你再重複上次的敘述。」

「當然可以。五點半的時候，我正好回家來……」

「對不起，你怎麼能如此精確地記得當時的時間？」

帕翠奇先生由於話被打斷而顯得稍有不耐。

「教堂的鐘剛剛敲過。我看看手錶，發覺慢了一分鐘，而那時我恰好要進阿雪爾太太的店鋪。」

「你是否習慣在那兒買東西？」

「次數頻繁，那家店在我回家路上。我大約每週去一兩次，習慣去那兒買兩盎司約翰·考頓淡酒。」

「你是否了解阿雪爾太太？了解她的任何情況或過去？」

「一無所知。我除了購物並偶爾聊聊天氣外，從未和她談過話。」

「你是否了解她有個酗酒的丈夫？他常常威脅她。」

「不，我對她一無所知。」

「不管怎麼說，你見過她。在你看來，她昨晚的神情是否有異常之處？她是否顯得慌張不安？」

帕翠奇沉思。

「我想我注意到的是，她和往常沒什麼兩樣。」他說。

白羅起身。

「謝謝你回答這些問題，帕翠奇先生。你家裡是否有一本ABC？我想查詢回倫敦的火車。」

「在您身後的架子上。」帕翠奇先生說。

那個書架上有一本ABC鐵路指南、一本布萊蕭鐵路時刻表、《證券交易年鑑》、《凱利名錄》、《名人名錄》，還有一本當地的通訊名錄。

白羅從架子上取下那本ABC，假裝是在查閱火車班次，然後向帕翠奇先生道謝，隨即離開。

我們下一個會見的是艾伯特·里德爾先生，他與帕翠奇先生性格截然不同。艾伯特·里德爾是位鐵道養路工。我們在進行交談的時候，不斷傳來他那位緊張的太太所弄出的盤碟碰撞聲，還有狗的吠叫聲。里德爾先生本人對我們更是毫不掩飾他的敵意。

他是個笨拙遲鈍的高個子，臉盤很寬，長著一對疑神疑鬼的小眼睛。他正好在吃肉餅，大口地喝紅茶以助吞嚥。他透過茶杯邊緣憤怒地看著我們。

「我還要再談一遍，是嗎？」他咆哮道，「那跟我到底有什麼關係呢？我已經告訴過那些該死的警察了。現在我竟然還要再說一次，講給兩個該死的外國人聽。」

白羅迅速詼諧地朝我這裡瞥了一眼，然後說道：「我實在挺同情你的，可是你會怎麼想呢？這是一件謀殺案，不是嗎？我們必須加倍謹慎。」

「最好把這位先生想知道的都告訴他吧，艾伯特。」那婦人不安地說。

「閉上你那張衰嘴。」高個子吼道。

「我想，你不是主動去警局的。」

「我幹嘛要主動？又不關我的事。」

「這事就有待商榷了，」白羅冷淡地說，「眼前發生了一件謀殺案，我會認為，警方一定想知道有什麼人去過那家商店，這時我該怎麼做呢？我個人認為，如果能自動前去說明，事情就會顯得自然很多。」

「我有自己的事情要做。甭說我不該花自己的時間主動去說明，就算——」

「事實上，是警方得知你曾光顧過阿雪爾太太的商店後，自己找上門來的。不知他們對你所描繪的情況是否滿意？」

「有什麼好不滿意的？」艾伯特粗暴地反問，白羅只好聳聳肩膀。「你講這話是什麼意思，先生？嫌我麻煩不夠多？每個人都清楚是誰殺了那老女人，是她那個混蛋丈夫。」

「可是他那晚並沒在街上出現，而你倒去過那家商店。」

「你想陷害我嗎？哼，你不會得逞的。我何必去做那樣的事？你以為我想偷她那包血跡斑斑的菸？你以為我是他們所說的殺人狂？以為我是……」

他從坐椅中面露威脅地站起身來。他妻子顫抖著叫道：「艾伯特，艾伯特，快別說這樣的話。艾伯特，他們會以為……」

「請冷靜一點，先生。」白羅說，「我只是要你講述一下那段經歷。可是你卻拒不作答，我們該怎麼說呢——這似乎有點奇怪？」

「誰說我拒不作答？」里德爾先生再次坐進椅子裡，「我毫不介意。」

「你進店的時候是六點鐘嗎？」

「是的，實際上是六點過一兩分鐘。我想買一包『金富萊牌』香菸。當我推開門——」

「那時候店門是掩著的嗎？」

「對。我起先以為已經關門了，但其實沒關。我進屋後，發現那兒並沒有人。我敲敲櫃檯，稍等了一會兒，可是沒人應答，於是我就走了出來。那就是全部的情況，你自己慢慢去琢磨吧。」

「你難道沒看見櫃檯後面有一具蜷縮的屍體嗎？」

「沒有，要是你也不可能看見。除非你正好在尋找它，那或許會吧。」

「那兒是否擺著一本鐵路指南？」

「是的，朝下放著。在我看來，好像那位老太太突然趕著要去坐火車，而忘記把店門鎖上了。」

「是你撿起鐵路指南或把它移放到櫃檯上的？」

「我才沒碰那混——東西。我做了什麼事，剛才已經說過了。」

「你在到商店之前是否看見有誰離開那兒？」

「沒有。我說啊，為什麼偏偏挑上我——」

白羅站起身來。

「沒人認定是你幹的，到目前為止。晚安，先生。」

那人張大嘴巴看著白羅離開，我則追隨著出去。

在街上，他查看手錶。

「我的朋友，我們要非常迅速才趕得上七點兩分的火車。我們趕緊走吧。」

08 第二封信

「如何？」我渴切地問道。

我們坐在只有我們二人的頭等車廂內，那是一班剛剛駛離安多弗的快車。

「這件案子，」白羅說，「是個中等身材的人幹的，他長著一頭紅髮，左眼有輕度斜視，右腳微跛，肩胛骨下長著一顆痣。」

「白羅！」我驚叫。

起初我完全受其蒙騙，然而看到他眼中一抹光采閃爍，我頓然醒悟。

「白羅！」我再次說，這一次滿懷怨恨。

「我的朋友，你要我怎樣呢？你那樣忠誠專注地凝視著我，要求我像夏洛克・福爾摩斯那樣發表見解！說真的，我並不清楚凶手長得什麼模樣，不了解他住在哪裡，也不知道怎樣去逮獲他。」

「要是他留下些線索就好了。」我低聲說。

「是啊，線索，誘人的線索。可惜他不抽菸，沒有留下菸灰，沒穿著底紋奇特的鞋踏步進來。不，他才不會如此循規蹈矩。可是至少，我的朋友，你還有鐵路指南這一線索。那本ABC就是本案的線索。」

「你認為他是錯把冊子留下的嗎？」

「當然不是，他故意留下它的。指紋告訴我們，他是故意這樣做的。」

「可是冊子上一點指紋也沒留下啊！」

「所以我才這樣說。昨晚是什麼天氣？炎熱的六月之夜。一個人是否會在這樣的夜晚戴著手套四處閒逛？如此一來當然會引起注意。既然ABC上沒留下指紋，一定是有人小心翼翼地把它抹去了。一個清白的人必定會留下指紋，而犯下罪行的人則不會。所以我們的凶手是故意留下這本冊子。可是不管如何，這仍是一個線索。那本ABC是某人購買，某人攜帶來的，這總是開啟了一扇窗口。」

「你認為我們可以從這個線索獲得某些訊息？」

「坦白說，海斯汀，我不抱任何希望。這個人，這個無名氏，很顯然在炫耀他的能力，他是不會留下讓人直接追蹤的尾巴的。」

「所以說，實際上ABC對破案也沒什麼幫助。」

「不能這樣說。」

「那是有囉？」

白羅並未立即回答，過了一會兒才慢吞吞地說：「我的回答是有。我們碰上的這個無名氏，他藏身在暗處，而且想繼續潛伏在黑暗之中。可是理所當然的，他多少會洩漏點底細。在某種意義上，我們是對他一無所知；但在另一種意義上，我們已經了解了許多情況。我漸漸看到他的模樣在形成——他是個能用打字機打出清晰字體的人，他購買高級信紙，極端地渴望展示個性。我瞧見他可能是個被忽視的小孩子，懷帶著內心的自卑感長大，飽受犯罪欲望的侵擾……我瞧見那種內心的衝動，要表現他自己，要把人們的注意力聚焦在他身上，這種衝動變得愈來愈強烈，但許多事件和環境則在碾碎這種衝動，可能，這反而在他身上堆積起更多的羞辱。在他的心靈深處，有根火柴正等待著點燃火藥庫……」

「那純屬猜測。」我反對道，「這不會給你任何實際的幫助。」

「你就是喜歡什麼火柴頭、香菸灰、敲了釘的靴子！那種東西不怕找不到。可是我們起碼得問自己一些問題，為什麼會有ＡＢＣ？為什麼會是阿雪爾太太？為什麼要發生在安多弗？」

「那名婦人的過去看起來很單純，」我思索道，「和那兩個男人的會面也令人失望，他們沒說出更新的線索。」

「老實說，在那方面我並沒有期望太高，可是我們也不能放過兩個可能是凶手的嫌疑犯不管。」

「你不會以為……」

「至少凶手可能生活在安多弗或它的附近。我們若問『為什麼會選在安多弗』，那便是個可能的答案。有兩個人在那天那段非常時刻進過商店，兩人都有可能是凶手，何況毫無跡象表明他們不是凶手。」

「那個無禮的粗漢，里德爾，很可能就是。」我斷言。

「哦，我倒是可確定里德爾是無辜的。他神情緊張，滿口謾罵，顯然焦慮不安……」

「那正好表示——」

「寫那封ＡＢＣ匿名信的人，性格與此恰好相反。傲慢和自信是我們得尋找的特徵。」

「那個人是在炫耀自己的能力？」

「很可能。但也有些人，因生性內斂和神經質，會把浮誇及自大的個性隱藏起來。」

「你不會認為那個小巧的帕翠奇先生——」

「他比較像是那種人，無庸置疑。他的反應正像那個寫信者會表現的——立刻去警察局，把自己直接推向最前方，並對他的位置沾沾自喜。」

「你真的認為——」

「不，海斯汀。我個人認為凶手來自安多弗以外的地方，可是我們不能忽視任何一點蛛絲馬跡。儘管我從頭至尾說的都是『他』，但我們仍不能排除女人做案的可能性。」

「當然不能。」

「我同意，那種襲擊方式是男人所為，可是匿名信很有可能是女人寫的。我們必須牢記這一點。」

我靜默了幾分鐘，然後說：「我們接下去要幹什麼？」

「海斯汀，你真是精力充沛。」白羅說著，衝我微笑。

「我才不是。好啦，我們接下來要做些什麼呢？」

「什麼也不做。」

「什麼也不做？」我的失望之情明顯可見。

「你當我是魔術師還是巫師？你到底要我再做些什麼？」

我轉動腦子，思考這個問題，發現很難做出回答。不管怎樣，我總覺得該做些什麼，應該把握時間採取行動。我說：「有那本ＡＢＣ，還有便箋紙和信封——」

「自然，那方面的線索已經在追查了，警方正竭盡全力處理這個疑點。如果在那部分真有什麼可挖掘的話，用不著擔心，他們一定會挖出來的。」

聽完他這番話，我只好被迫放棄。

在隨後的幾天中，我發覺白羅莫名奇妙地迴避談論那案子。每當我試圖重提該話題時，他總是不耐煩地用手勢阻止。

我認為，我恐怕猜到原因了——在阿雪爾太太這件謀殺案上，白羅遭受了挫敗。ＡＢＣ向他發起挑戰，而ＡＢＣ已經獲勝。我這位朋友早已習慣於攻無不破，因此對這次的失敗異常敏感，以至於無法忍受談論這件事。這或許是此位偉大人物的狹隘之處。可是，就算是我輩之中最清醒冷靜的人，也會被成功沖昏頭，何況是白羅這種獨領風騷已久的人。所以他有如此明顯的反應，也不算奇怪了。

當我理解了這一切後，我決定尊重我朋友的軟弱之處，於是不再提及此案。我自己讀報紙，以了解案情。報紙上的報導很簡略，沒提到那封ABC匿名信，但有不知名人士對謀殺案做出一些判斷。這樁案子並未引起新聞界多少注意，它絲毫沒有誘人或是特別的地方。小街老婦的謀殺案不久便被更多搶眼的標題所掩蓋。

說真的，這件事在我腦中同樣在淡化。我想，這是因為我怕會聯想——想到這個案子對白羅來說是種失敗。但在七月二十五日，它重新又燃起了火焰。

因為去約克郡度週末，我好幾天都沒與白羅會面。星期一下午我返回，六點鐘郵差送來了這封信。我記得白羅在拆開那個特製信封時突然急促地倒吸了口氣。

「它來了。」他說。

我盯著他看，有點困惑不解。

「是什麼？」

「ABC事件的第二章。」

我難以理解地看了他一會兒，在我的腦海裡，這件事確實已經淡忘。

「你讀信吧。」白羅說著，把信遞給我。

與以前一樣，信仍是打字在高級信紙上的。

親愛的白羅先生：

哦，感覺如何？我想，這是我的開場遊戲。安多弗的事件已順利進行，不是嗎？可是好戲才剛開頭呢。讓我把您的注意力吸引到貝斯希爾海濱（Bexhill-on-Sea）吧。日期，本月二十五日。

這是一段多麼快樂的時光啊！

忠實於您的ABC

「天哪，白羅，」我叫喊道，「這是否意味著這位惡魔還要再犯下一件罪行？」

「當然，海斯汀。不然你以為會是什麼？你以為安多弗的事件是樁獨立的案子？你難道忘了我曾經說過：『這僅僅是開始』？」

「可是，這太可怕了。」

「是的，很可怕。」

「我們要面對的是個殺人狂。」

「正是這樣。」

他的鎮定自若比任何英勇行為更令我印象深刻。我感到一陣震顫，把信遞還給他。

第二天早晨，我們參加了一個會議，與會人員都是有力人士。薩塞克斯的警察局長、蘇格蘭警場的副廳長、來自安多弗的格倫警官、薩塞克斯警察局的刑事主任卡特，傑派探長和一位名叫克羅姆的警官，還有著名的精神病學家湯普森醫生，他們齊聚一堂。

信上的郵戳是漢普斯特，可是白羅認為這無關緊要。

與會者就這一事件展開了全面討論。湯普森醫生是位溫和的中年人，儘管學問高深，說話時卻語言質樸，避免使用他那一行的專業術語。

「毫無疑問，」副廳長開口說，「兩封信出自同一隻手，是由同一個人所寫。」

「而且，我們可以公開推斷，那個人也涉及安多弗謀殺案。」

「的確如此。我們現在已確切得到第二樁罪案的警告。那將是在二十五日，就是後天，發生在貝斯希爾。我們該採取什麼措施？」

薩塞克斯的警察局長望著他的刑事主任。

「哦，卡特，你有什麼想法？」

刑事主任陰鬱地搖搖頭。

「挺困難的，長官。誰會是受害人，我們連一點線索都沒有。平心而論，我們能採取什麼步驟呢？」

「我倒是有個建議。」白羅小聲說。

大家都把臉轉向他。

「我認為，準受害人的姓名可能是以字母B開頭。」

「這倒有些道理。」刑事主任疑慮地說。

「這是一種字母情結。」湯普森醫生說。

「我只是認為有這種可能性，沒有別的意思。上個月那不幸的婦女被謀殺後，我前去探訪，看到她的店門上清楚地寫著『阿雪爾』這個名字，當時我腦中就突然產生了這個念頭。而在看到這第二封信中提到貝斯希爾時，我不禁認為，受害人和案發地點可能都是以字母順序來挑選的。」

「這倒是有可能，」醫生說，「但另一方面，阿雪爾這個名字也許是個巧合，而這次的受害人，不管她叫什麼名字，或許仍是個開小店鋪的老太太。切記，我們是在和一個瘋子打交道。到現在為止，他還沒有向我們透露任何謀殺動機。」

「一個瘋子還會有動機嗎，醫生？」刑事主任懷疑地問。

「他當然會有動機，先生。極端的邏輯是敏感性狂躁症的特徵之一。這種人可能認定自己負有神聖的使命，必須殺死教士、醫生或是開菸草店的老太太，而在此背後總會有某種非常首尾連貫的理由。我們不能被字母順序打亂了陣腳。貝斯希爾緊隨在安多弗之後，這可能僅僅是一種巧合而已。」

「我們至少應該謹慎以待，卡特。要特別注意那些B姓開頭的人，尤其是開小商店的人，要派一個人來監視所有的小菸販和賣報人。我認為這是我們做得到的。可以的話，還要留意所有的陌生人。」

刑事主任發出一聲呻吟。

「就在這段學校停課、假期剛剛開始的時候？本星期人們正在大量湧入該地呢。」

「我們必須盡力而為！」警察局長嚴厲地說道。

格倫警官發表他的見解。

「我會監視任何與阿雪爾案件相關的人。那兩個目擊證人，帕翠奇和里德爾，當然，還有阿雪爾本人。只要他們有跡象顯示要離開安多弗，他們就會被跟蹤。」

大家又提了些建議，進行了一段散漫的對話，會議便結束了。

「白羅，」我們沿著河堤步行時，我說，「這次犯罪可以被阻止吧？」

他一臉憔悴地轉向我。

「拿滿城正常心智的人來對付一個錯亂瘋狂的人？我感到害怕，海斯汀，我非常懼怕。你應該記得開膛手傑克的連串惡行吧？」

「這太可怕了。」我說。

「海斯汀，瘋狂是件可怕的事物，我很懼怕，我很懼怕……」

09 貝斯希爾海濱謀殺案

我依然牢記七月二十五日早晨睡醒過來的情形，那時是七點三十分左右。白羅站在我的床邊，輕柔地搖動我的肩膀。我看了他一眼，這將我從半意識帶回到本能的清醒狀態。

「什麼事？」我問，迅速地坐起來。

他的回答簡單至極，可是吐露出的五個字卻意味深遠。

「事情發生了。」

「什麼事？」我叫道，「你是說——但今天才是二十五日啊。」

「案件是昨晚發生的。或者說，是在今天凌晨的早些時候。」

我從床上一躍而起，迅速地上完洗手間。他簡單地複述了剛從電話中獲知的內容。

「一位年輕小姐的屍體在貝斯希爾的海灘上被發現。有人認出她是伊麗莎白．巴納德

（Barnard），在一間餐廳做女侍，她與父母住在一處新建成的平房內。醫學鑑定表明，死亡時間是在晚間十一點半到一點之間。」

「他們怎能如此確信這就是那樁罪案？」我問道，一邊匆忙用肥皂塗臉。

「屍體底下有一本ABC，打開的那頁正好是去貝斯希爾的火車時刻表。」

我直打冷顫。

「這太可怕了。」

「Faites attention[17]，海斯汀！我也不想再碰到第二個悲劇。」

我沮喪地洗去下巴上的血。

「我們該有什麼樣的作戰計畫？」我問。

「車要過一會兒才會來接我們。我去端一杯咖啡給你，這樣就不會耽誤出發時間。」

二十分鐘後，我們坐入一輛警車，疾駛著穿越過泰晤士河，駛出倫敦。

克羅姆警官與我們同行，他曾出席過那次會議，現在正式負責此案。

與傑派相比，克羅姆截然不同。他年輕許多，是那種安靜、優越的人。他受過良好的教育，善解人意。就我而言，他稍嫌倨傲。最近，他因為破獲一系列兒童謀殺案而獲得許多褒獎。他極具耐心地追捕到那個罪犯，那傢伙現在已經被關在布羅摩爾精神病院。

顯然，他來負責本案是個合適人選，但我認為他有點自視過高。他對白羅的態度帶著傲慢，好像把白羅當成年輕人而不是長輩——以一種相當自負、「公立學校」的方式對待。

「我已與湯普森醫生好好長談了一次，」他說，「他對『連鎖』或『系列』謀殺案極感興趣。這是一種精神異常所導致的行為。當然，要是個外行，就無法領會箇中巧妙，這要從醫學的角度來體會。」他咳嗽道。「事實上，我上次的案子——不知你們聽說過沒有，那件梅布爾·霍默案，馬瑟爾山的女學生——那個凶手卡珀就是個不正常的人，要給他定罪極其困難，那也是他的第三件案子。而他的外表看來和你我一樣正常。不過倒是可以用許多種測試，如口供誘導，你知道，這是種很先進的方法，當然在你的年代還沒有這樣的技術。一旦你能使一個人露出口風，你就能逮到他。他一明白你已掌握一切，便會開始緊張，之後就會破綻百出。」

「即便在我那個時候，我們偶爾也會採用這種方法。」白羅說。

克羅姆警官看著他，囁嚅說道：「哦，是嗎？」

隨即是一陣沉默。在我們通過新十字車站時，克羅姆開口說：「如果你們想了解一些此案的情況，那就請問吧。」

「我猜，你還沒拿到那位遇害小姐的個人資料吧？」

「她二十三歲，在黃貓餐廳當女侍——」

17 法語，意思是「當心」。

「不是這個意思，我是在想，她長得漂亮嗎？」

「那我倒是不太了解。」克羅姆警官有點畏縮地說。他的表情顯示出「真是的，這些外國佬，全都一個模樣」！

白羅的眼中閃現一絲淡淡的歡愉。

「那對你而言無關緊要是吧？然而，對一個女人而言，外貌是最最重要的，這往往會決定她的命運。」

又是一陣沉默。

直到我們臨近七橡樹區時，白羅再次打破僵局。

「你是否知道，那小姐是被人用什麼東西、什麼方式勒死的？」

克羅姆警官簡要作答。

「是被人用她自己的腰帶勒死的。我想，是那種厚厚的針織腰帶。」

白羅的眼睛睜得極大。

「啊哈，」他說，「我們終於掌握了一項確切的消息，那顯示了一些意義，不是嗎？」

「我倒看不出來。」克羅姆警官冷冷地說。

我對此人的謹慎和想像力貧乏感到厭煩。

「這提供我們凶手的特徵。」我說，「用受害小姐自己的腰帶，表明凶手非常凶殘。」

白羅朝我瞥了一眼，我無法揣摩其含義。表面上，它像是一種帶幽默的不耐煩。我想，他的意思是在提出警示，要我切勿在警官面前直言不諱。

我繼續保持靜默。

刑事主任卡特在貝斯希爾迎接我們，與他同來的還有一位名叫凱爾西的年輕警官，他面色友善，模樣機敏，被指派與克羅姆一起偵破此案。

「你們得自行展開調查，克羅姆。」刑事主任說道，「我只能透露給你本案的主要重點，然後你們就著手去查。」

「謝謝您，先生。」克羅姆說。

「我們已將消息告知她的父母親。」刑事主任說，「對他們而言，這絕對是個可怕的打擊。在向他們詢問之前，我讓他們先平復情緒，以便你們可以從頭開始提問。」

「她家裡還有其他人嗎？」白羅問。

「有個姐姐，在倫敦做打字員，也已經通知過她了。還有個小夥子——事實上，我想，那小姐昨晚應該是與他一起外出的。」

「從那本ABC鐵路指南有查出什麼嗎？」克羅姆問。

「就放在那邊，」刑事主任衝著桌子點頭，「上面沒有指紋。書打開著，翻到貝斯希爾的那頁。那是本新書，我看，因為這本書看來沒被翻閱過幾次。書也不是在這附近買的，我已去調查過本地所有的文具店。」

「屍體是誰發現的，先生？」

「是一位早起運動的上校，傑羅姆上校。他大約清晨六點帶狗出門，朝著庫登的方向前行，走在沙灘上。他的狗跑開去，像是嗅著了什麼東西。上校叫喚那狗，可是狗並沒回來，他上前一看，便覺得事有蹊蹺。他處理得很正確，沒有去碰她的屍體，而且立刻給我們打了電話。」

「死亡時間大約是在昨天午夜前後吧？」

「是在午夜與凌晨一點之間，這我們很有把握。我們這位殺手是位言出必行的人，如果他說過要在二十五日行動，那就一定會在二十五日，即便才剛剛過了幾分鐘。」

克羅姆點點頭。

「是的，那確實是他的思考方式。沒有其他消息嗎？沒人看到有價值的線索嗎？」

「沒有。不過現在還早。只要昨天晚上見過一位白衣女郎與男士一同散步的人，不久都會過來向我們提供情報。據我猜想，昨天晚上大概有四、五百對這樣的組合，我們可能會應接不暇。」

「好，長官，我最好開始進行調查。」克羅姆說，「那家餐廳和那小姐的家，我最好都去一下。凱爾西和我一起去。」

「白羅先生也去嗎？」刑事主任問。

「我與你一起去。」白羅微微躬了一下身體，對克羅姆說。

我想，克羅姆感到有點懊惱。凱爾西以前沒見過白羅，咧開嘴笑著。

遺憾的是，每當人們第一次見到我的朋友時，總是很易於把他視為一個笑話。

「勒她致死的那條腰帶在哪裡？」克羅姆問道，「白羅先生認為它是極有價值的線索。我想他非常樂意檢視一下。」

「並非如此，」白羅迅即說，「你誤會了。」

「你在那東西上面找不到什麼的。」卡特說，「它不是一條皮質腰帶——如果是皮帶的話，那上面是可能會留下指紋的。然而這只是一條厚厚的針織絲質腰帶，是取人性命的理想工具。」

我感到一陣戰慄。

「好，」克羅姆說，「我們最好出發吧。」

我們即刻出發。

我們首先去黃貓餐廳。這是間常見的小茶館，坐落在海邊。裡面的餐桌上鋪蓋著橙色格子花桌布，坐著難過的編織椅子上亦擺放著橙色靠墊。這間餐廳專門供應晨間咖啡、五種不同的茶（德文郡茶、農舍茶、果味茶、卡爾頓茶和原味茶），還供應幾樣為女士準備的小套午餐，如炒雞蛋、蝦和麵包屑、通心粉。

餐廳此刻正在供應晨間咖啡。餐廳的女經理把我們匆忙地迎入後邊一間非常不乾淨的小房間。

「你就是梅里恩小姐？」克羅姆詢問道。

梅里恩小姐脫口發出一種高揚、極不悅耳的淑女嗓音：「我就是。這事實在令人難過，太令人難過。我難以想像，這會給我們的生意帶來多大的影響！」

梅里恩小姐身材瘦削，年紀四十歲左右，橙黃色的頭髮十分稀疏（實際上，她長得還真像一隻黃貓）。她極其緊張地扭弄著衣服上的薄圍巾和褶邊。

「會生意興隆的。」凱爾西警官鼓勵著說，「你等著看吧，生意會好得連菜餚都來不及供應。」

「真可惡。」她說道，「太可惡了，這件事令人對人性感到絕望。」

可是，她的眼睛還是在閃著亮光。

「關於那死去的小姐，你能告訴我些什麼嗎，梅里恩小姐？」

「無可奉告。」梅里恩小姐明確地說，「絕對無可奉告。」

「她在這兒做多久了？」

「今年是第二個夏天。」

「你對她是否滿意？」

「她是個很好的女服務生，動作勤快，遵守規定。」

「她長得漂亮嗎？」白羅問道。

梅里恩小姐回了他一眼，眼神中顯示出「瞧，這些外國人」的神情。

「她是位長相姣好、清秀的女孩。」她冷冷地說。

「昨天晚上她是幾點鐘下班的？」克羅姆問。

「八點鐘，我們八點鐘關門。店裡不供應晚餐，所以用不著她們。來吃炒雞蛋和飲茶的人們到七點鐘後就挺少的了。我們的高峰時間在六點半就已結束。」

「她跟你提過她晚上要幹些什麼嗎？」

「當然沒有，」梅里恩小姐強調著說，「我們之間的關係還沒那麼親近。」

「有沒有人來找過她？或有些什麼特別的事？」

「沒有。」

「她看上去跟平常是否一樣？沒有特別激動或消沉？」

「這我真的無法回答。」梅里恩小姐冷淡地說。

「你店裡雇用幾位女服務生？」

「平時兩位，七月二十日後增加兩位臨時人員直到八月底。」

「伊麗莎白．巴納德並不是新增的吧？」

「巴納德小姐是在職的。」

「那另外一位是誰？」

「希格利小姐，她是位非常可愛的女孩。」

「她和巴納德小姐是朋友嗎？」

「這我真的無法回答。」

「我們最好還是和她談幾句話。」
「現在嗎？」
「如果你答應的話。」
「我會叫她來，」梅里恩小姐說著，站起身來。「請盡量簡短一些，現在是供應晨間咖啡的高峰時間。」
這位貓似的薑黃色梅里恩小姐離開房間。
「真是精明得很，」凱爾西警官評價道，他模仿那女人矯揉造作的聲調，「『這我真的無法回答』。」
一位體態豐滿的女孩猛然闖進來。她微微有點喘不上氣，一頭黝黑的頭髮，臉頰呈粉紅色，黑色的雙眼因激動而圓瞪。
「梅里恩小姐要我進來。」她氣喘吁吁地說。
「你就是希格利小姐？」
「是的，我是。」
「你認識伊麗莎白·巴納德？」
「哦，是的，我認識貝蒂。這是不是太可怕了？它實在太可怕了。我簡直不敢相信這是真的。我整個上午都在與同事們談論這件事，我真是不敢相信！『你們都知道，姊妹們，』我說，『怎麼可能是真的？貝蒂！成天在這裡的貝蒂·巴納德，被人謀殺了！我簡直不敢相信。』我說。我捏了自己五、六次，看看我是否是醒的。貝蒂被人謀殺，這怎麼……哦，你知道我的意思，這實在不像是真的。」

「你很了解死者嗎？」

「她在這裡做服務生的時間要比我長。我是今年三月才來的，她去年就在這兒了。她是個安靜的人，如果您理解我的意思的話。不是那種愛開玩笑、愛笑的人，但我不是說她是那種真正安靜的人，她有許多自己的興趣，可是她從不……反正，她是個安靜的人，又是個不安靜的人，如果您能理解的話。」

我只能說，克羅姆警官實在太有耐心了。作為一名證人，這位豐腴的希格利小姐實在令人亟欲發狂。她每說一句話都要重複且修正好幾遍，結果什麼也沒說出來。

她與那位死去的小姐並不親密。我們可以猜想到，伊麗莎白．巴納德認為自己勝出希格利小姐一籌。在工作時，她非常友善，可是同事們和她交往都不深。伊麗莎白．巴納德曾有過一位「朋友」在車站附近的房屋仲介公司工作。那家公司名叫「考特與本斯基」，可是他既不是考特先生，也並非本斯基先生，他只是位辦事員。她並不知道他叫什麼名字，不過對他印象很深。他外表很英俊，哦，非常英俊，而且總是衣冠楚楚。很顯然，希格利小姐內心深處微感嫉妒。

談話終於到此為止。伊麗莎白．巴納德並沒有向餐廳中的任何人透露昨晚的計畫，而希格利小姐則認為，她是去與她的「朋友」會面。她身穿白色外套，「由於衣著新穎，她顯得非常甜美動人。」

我們與另外兩位小姐都小談了一會，可是並沒有獲得更多的資訊。貝蒂．巴納德未曾講過她要做些什麼，當晚也沒有人在貝斯希爾見過她。

10 巴納德一家

伊麗莎白．巴納德的父母居住在一處狹小的平房，那兒有五十戶左右這樣的住家。這些平房是由一位投機建築商在小鎮內匆匆修建的，小鎮名叫蘭達德諾。巴納德先生是位身材矮小、舉措不安的人，年紀約莫有五十五歲光景，他注意到我們走近，就站在門口等著我們。

「請進來吧，先生們。」他說。

凱爾西警官率先發話。

「這位是蘇格蘭警場的克羅姆警官，先生。」他說，「他是專門就此案來幫助我們的。」

「蘇格蘭警場？」巴納德先生滿懷希望地說，「真是太好了。一定得逮捕到那個行凶的惡棍。我可憐的女兒。」他的臉因悲傷痙攣而變形。

「這位是赫丘勒．白羅，也是從倫敦來的，還有──」

「海斯汀上尉。」白羅說。

「很高興見到你們，先生們，」巴納德先生木然地說，「請進。我不知道我可憐的太太是否可以見你們。她已經完全崩潰了。」

當我們在平房的客廳裡坐定時，巴納德太太總算露了面。很顯然，她哭得悲痛欲絕，兩眼紅腫，步履蹣跚，看得出深受打擊。

「怎麼，你沒事吧。」巴納德先生說，「你確定沒事了嗎？」

他扶著她的肩膀，把她攙進一把椅子當中。

「刑事主任很好心，」巴納德先生說，「他把消息通知我們後，說是要等到我們的震驚平復之後，再來調查問題。」

「這太殘忍，太殘忍了，」巴納德太太淚流滿面地哭泣。「再沒有比它更殘忍的事了。」

她聲音中帶有輕微的吟唱聲調，我原以為是外國口音。直到我想起門上的姓名，才意識到，她講話中的某些發音表明她是威爾斯人。

「我了解，這的確令人深感悲痛，女士。」克羅姆說，「我們非常同情你，可是我們想要了解所有真相，以便能盡快展開工作。」

「說得沒錯，沒錯。」巴納德先生點頭表示贊同。

「據我所知，你女兒二十三歲了。她與你們住在一起，在黃貓餐廳工作，對吧？」

「沒錯。」

「這地方是新建的，是吧？你以前住在哪兒？」

「我在肯寧頓做些五金生意，兩年前退休了。我們一直很想住在海邊。」

「你有兩個女兒？」

「是的，大女兒在倫敦一家公司工作。」

「昨晚你女兒沒回家，你們難道不感到緊張嗎？」

「我們並不知道她沒回來。」巴納德太太流著淚說，「她爸爸和我習慣早睡，九點鐘就上床休息。我們並不知道貝蒂沒回家，直到警察來告訴我，說……說……」

她情不自禁地痛哭起來。

「你女兒是否經常很晚才回家？」

「警官，你應該知道現在的女孩子，」巴納德說，「她們挺獨立的。在這種夏天的晚上，她們才不會急匆匆地趕回家。貝蒂通常十一點鐘才回家。」

「她怎麼進來？門開著嗎？」

「鑰匙放在墊子下面，我們一向如此。」

「我想，有謠傳說你女兒已經訂婚了。」

「這個時代他們不時興正式訂婚。」巴納德先生說。

「他叫唐納德．弗雷澤，我喜歡他，非常喜歡他，」巴納德太太說，「可憐的孩子，這消息對他來說一定是很可怕。我在想，他是否已經知道？」

「聽說他是在考特與本斯基公司工作？」

「是，他們經營房地產。」

「他下班之後，是不是多半和你女兒約會？」

「他們並不是每天晚上都見面，大概每週一兩次吧。」

「你是否知道昨晚他們有沒有約會？」

「她沒說。貝蒂對她要做什麼事、要去哪兒，從來都不會多說。但她是個好女孩。哦，我簡直不能相信。」

巴納德太太又開始抽泣起來。

「鎮靜點，老伴，振作一點。」她丈夫勸解道，「我們快回答完了。」

「我想唐納德永遠也……永遠也……」巴納德太太哭泣著說。

「振作點吧。」巴納德先生重複道。

「我很願意協助你們，可是事實上我一無所知，我一無所知，也無法幫助你們找到那個該死的壞蛋。貝蒂是個可愛的、快樂的女孩——她與那個正派的年輕人來往，總讓我們回憶起我們自己的年輕時代。令我感到不解的是，誰會想要謀害她呢？這實在是沒有道理。」

「你一直很坦誠，巴納德先生。」克羅姆說，「我也照實告訴你我想要幹什麼。我想去看看巴納德小姐的房間。那兒也許會有信件什麼的，或是日記本。」

「請過去看吧。」巴納德先生說，站起身來。

他帶路，克羅姆跟隨他，然後是白羅，隨後是凱爾西，我殿後。

我停下來繫鞋帶，就在這時候，一輛計程車在門口停了下來，車內下來一位女孩，她付錢給司機後，匆忙向房子這邊走來，手中提著一只箱子。她進門時見到我，便愣在那兒。

她的姿態奇特，吸引著我的目光。

「你是誰？」她說。

我走下幾個台階，深感尷尬，不知如何回答。我要報上姓名嗎？或就說我是和警方一起來的？這個小姐卻沒有時間讓我做決定。

「哦，」她說，「我也猜得出來。」

她摘下白色小羊毛帽，扔到地上。她轉了轉身，光照到她身上，我現在可以更清楚地觀察她。

我對她的第一印象是，小時候我的姐妹們玩耍的荷蘭娃娃。她頭髮烏黑，前額剪成直直的短瀏海。她的顴骨很高，整個身形是一種怪異、僵硬的現代感，然而挺吸引人的。她長得不怎麼漂亮，相當平庸，但她身上有一種強烈的特質，有股說服力，使人沒有辦法忽略她。

「你是巴納德小姐？」我問。

「我是梅根．巴納德。我想，你是警察局的人？」

「哦，」我說，「也不完全是——」

她打斷我的話。

「我認為我沒什麼可以告訴你的。我妹妹是個美麗聰明的女孩子，她沒有男朋友。早安！」她說話時快速地衝我一笑，挑戰性地注視著我。「我相信，這個說法很恰當。」她說。

「我可不是記者，如果你那樣認為的話。」

「那麼，你是誰？」她環顧四周。「我媽和我爸在哪兒？」

「你父母正帶著警察查視你妹妹的房間。你母親進房間去了，她很難過。」

這小姐看來像是做了個決定。

「跟我來吧。」她說。

她拉開一扇門，走了過去。我跟著她，發現自己置身於一間小巧、潔淨的廚房中。

我正要關上身後的門，卻意想不到地遇到阻力——原來白羅靜靜地閃了進來，掩上身後的門。

「是巴納德小姐嗎？」他迅速鞠躬說。

「這位是赫丘勒．白羅。」我說。

梅根．巴納德快速地打量了他一眼，好像心裡在嘀咕著。

「我聽說過你，」她說，「你是位上流社會的私人偵探，不是嗎？」

「這個形容聽起來不太悅耳，但也不能說錯。」白羅說。

這小姐在廚房桌邊坐下，她從包包中摸出一支菸放在唇間點燃，然後在噴兩口菸之間開口說：「這我就不明白了，赫丘勒．白羅先生在我們這件卑微的小案子中能做些什麼。」

「小姐，」白羅說，「你我都不明白的事情比比皆是，可是這並不重要，重要的是那些不容易被發現的線索。」

「會是些什麼?」

「小姐，死亡會令人非常不幸地產生盲點，想要維護死去的人。我剛才聽你對我的朋友海斯汀說『她是個美麗聰明的女孩子，而且沒有男朋友』。這表示你是在嘲笑那些報紙的說法。但事實就是如此，當一個女孩死了之後，就是會有這些說法出現：她很聰明，她很快活，她脾氣溫馴，她在世上毫無煩惱，她沒有討厭的人——對死者，人們總是寬容大度。你知道我此刻想做什麼嗎?我想找到一個了解伊麗莎白．巴納德但並不知道她已經死去的人!然後，我才可能聽到一些有用的證詞——聽到真話。」

梅根．巴納德抽著菸，靜望他幾分鐘，然後，終於她發言了。她的話語使我大吃一驚。

「貝蒂，」她說道，「是個十足的小傻瓜。」

11 梅根·巴納德

正如我剛才所言，梅根·巴納德那乾脆簡明的口吻，著實令我大吃一驚。

然而，白羅僅僅是沉重地點一下頭。

「很好，」他說道，「你真是很聰明，小姐。」

梅根·巴納德仍然一派中立地說：「我非常喜歡貝蒂，但我還未盲目到看不出她是傻女孩，我也不避諱告訴她這點。姐妹之間就是這樣子的。」

「她是否理睬你的建議呢？」

「可能沒有吧。」梅根帶著譏諷說。

「小姐，你可不可以再說明確點？」

她猶豫了一兩分鐘。

白羅微笑說道：「我會幫助你的。我聽到你剛才對海斯汀說的話，說你妹妹是個美麗、聰明的女孩，沒有男朋友。這……實際上是剛好相反才對吧，是嗎？」

梅根慢吞吞說：「貝蒂的行事沒什麼不可告人，我希望你能了解這一點。她為人正經，不是喜歡週末狂歡的那種人，完全不是。可是她喜歡出去約會、跳舞，喜歡——唉，那些廉價的奉承和讚美，諸如此類的事。」

「她很漂亮，是嗎？」

這句問話我已經是第三次聽見，而這次總算得到明確的答覆。

梅根離開桌子，走向她的箱子，啪地一聲打開箱蓋，取出一件物品並交給白羅。

在那個皮質相框中，有位美髮及肩、露出微笑的女孩。頭髮很明顯地剛剛燙過，膨鬆、鬈曲地挺立在頭上。她臉上的微笑挺調皮和矯揉造作。那顯然不是一張你可以稱之為美麗的臉，但它有種亮眼的俗麗。

白羅把相框遞回去，同時說：「你和她長得並不像，小姐。」

「哦！我在家裡算是長相平常的，我很清楚。」她輕描淡寫地帶過這個問題。

「究竟是哪些方面讓你認為你妹妹行事愚蠢？也許，你是指她與唐納德．弗雷澤先生的交往？」

「確實是。唐是那種極度沉靜的人，但他……哦，當然，他也會對某些事情感到不滿，所以——」

「所以怎麼樣，小姐？」

他的眼睛穩穩地盯著她。

可能只是我的直覺，我認為她遲疑了一下才回答：「我擔心他最後會拋棄她，那將是個遺憾。他是非常穩重、勤勞的人，絕對會成為好丈夫。」

白羅繼續凝視著她。在他的目光注視下，她並未羞紅臉，而是回報以同樣的沉著和……先前那挑戰性的倨傲神態。

「看來，」他最終說，「人們都不再說真心話了。」

她聳聳肩膀，轉身向門那邊走。

「好了，」她說，「我能幫你的就只是這些了。」

白羅出聲阻止了她。

「等一下，小姐，有些事我要告訴你，請回來。」

我看出來，她是極不情願地停住了腳。

令我驚訝的是，白羅接下來便一股腦講出ABC信件的整個內容、安多弗謀殺案，以及在屍體旁邊發現的鐵路指南。

他這次絕對不可能抱怨人家缺乏興趣了。她張大嘴巴，兩眼發亮，著急地問他：「這些都是真的嗎，白羅先生？」

「是的，都是真的。」

「你是說，我妹妹真的是被某個殺人狂謀害的？」

「正是這樣。」

她深深地吸了一口氣。

「哦，貝蒂，貝蒂，這太恐怖了！」

「你明白了吧，小姐，你不用顧慮到是否會傷害別人，你應該毫不保留地提供我想了解的情況。」

「是的，我現在明白了。」

「讓我們繼續談話。我已形成這樣的印象，那位唐納德．弗雷澤可能是個脾氣狂暴和嫉妒心強的人，對嗎？」

梅根．巴納德安靜地說：「我現在已經相信你，白羅先生，我會告訴真實的狀況。如我所言，唐是個極其安靜、極……封閉的人，你應該了解我的意思。他看似無法用言語來表達思想感受，可是私底下，他的心思卻很複雜。他生性好妒，他總是吃貝蒂的醋。他全心地愛著她——當然她也非常喜歡他，可是貝蒂不可能只喜歡一個人而不留意其他人，她不是那種人。嗯，她對於那些長相優雅、能陪伴她的男人特別敏銳、眼尖。當然，在黃貓餐廳，她總可以遇到一些男人——尤其是在夏日的假期。她口齒相當伶俐，如果那些人對她出言調侃，她也一定會反譏回去。然後她可能會和他們約會，去看看電影或做些別的，都是些沒什麼大不了的事——但從沒有那種事——她只是以此為樂。她曾說，她總有一天會與唐安定地生活在一起，所以她最好趁現在盡情享樂。」

梅根停住口，白羅說：「我理解，請繼續講吧。」

「但唐就是無法理解。他不了解，如果她對他是真心投入，那麼她為何還要與其他人外出約會。有一兩次他們為這件事大吵特吵。」

「那位唐先生，這時就靜不下來了？」

「就像那些性格沉靜的人一般，一旦動了脾氣，就一發不可收拾。唐狂暴得連貝蒂都嚇壞了。」

「那是什麼時候的事？」

「大約一年前吵過一次，另一次則吵得更凶——僅是在一個月以前，我當時正好回家過週末。是我使他們平息下來的。而也是自那次之後，我開始試圖點醒貝蒂，跟她說她真該收斂一點。她總說那沒什麼可怕的。哦，那倒也挺對的，可是她還是在走鋼索。一年前的那次吵架後，她已形成了一種習慣，不時根據『不知情即不傷心』的原則，撒幾個應急的小謊。最近這一次是，她告訴唐說她要去哈斯丁看一位女性朋友，可是他發現她實際上是與某個男人一同去了伊斯特本，那人是個已婚男人，所以只能偷偷摸摸地去。這件事猶如火上加油，他們吵架的情形挺可怕的——貝蒂說她還沒有與他結婚，她有權和喜歡的人外出；唐則滿臉蒼白，氣得顫抖，揚言有朝一日，有朝一日——」

「什麼？」

「他會殺了她……」梅根低聲說道。

她停下話，盯著白羅。

他陰沉地點了幾下頭。

「我倒是認為他不會真動手的，一點也不這麼認為。可是我很擔心這次吵架和他所說的話，會被翻出來；許多人都知道這件事。」

「因而，自然，你擔心……」

白羅再度陰沉地點頭。

「原來如此。小姐，我得說，要不是這兇手自曝了他那自尊自大的虛榮心，那倒頗有可能。說唐納德．弗雷澤得以脫離嫌疑，那真要歸功於ABC狂妄的吹噓了。」他沉默了一會兒，隨即說：「你妹妹最近有沒有跟那個已婚男人或其他人見過面？」

梅根搖頭。

「我不清楚。你知道，我不住在這裡。」

「那你有什麼想法嗎？」

「她可能沒再見過那個人。他可能覺得會引起爭端，就避開了。但如果說貝蒂又向唐撒謊的話，我絲毫不會感到奇怪。你知道，她很喜歡跳舞和看電影，而唐當然無法一天到晚帶她去那些地方。」

「如果是這樣，她是否可能向別人吐露心思？比方說，那個在餐廳做事的小姐？」

「我認為那不大可能，貝蒂受不了那個希格利小姐。她認為她太普通，而其他的小姐又是新來的。貝蒂可不是那種習慣傾吐的人。」

她腦袋上面的電鈴尖銳地叫響起來。

她走到窗前，側身向外張望，然後又敏捷地縮回來。

「是唐……」

「叫他進來吧。」白羅迅速地說道，「我想在警官找到他之前和他談談話。」

梅根．巴納德疾速閃出廚房，數秒鐘後她手拉著唐納德．弗雷澤回屋來。

12 唐納德．弗雷澤

我立刻替這個年輕人難過起來。他的臉色蒼白憔悴，雙眼迷濛，顯現出他遭受了非常沉重的打擊。

這個年輕人體格健壯，氣質良好，身高近六尺，雖然並不是十分英俊，可是長著一張友善、帶有雀斑的臉，他顴骨高突，留著火紅色的頭髮。

「這是怎麼回事，梅根？」他說，「幹嘛要我到這裡來？看在上帝的份上，告訴我吧，我剛聽說，貝蒂……」

他的語音漸漸減弱下去。

白羅將一把椅子推向前，年輕人坐了上去。

我的朋友從口袋取出一個小酒瓶，把酒倒進掛在食品櫃上的一只酒杯，說道：「喝一點吧，弗雷澤先生，對你會有好處。」

年輕人聞言照辦，白蘭地使他的臉又有了些顏色。他坐直身子，再一次轉向那女孩，神態相當平靜和自制。

「我想，這是真的？」他說，「貝蒂，死了……被人謀殺？」

「這是真的，唐。」

他愣愣地說道：「你剛從倫敦趕來嗎？」

「是的，是我爸爸打電話通知我的。」

「是在九點半的時候吧，我想？」唐納德．弗雷澤說。

他的思緒逃避現實，只知關注這些無關緊要的細節。

「是的。」

沉默了片刻之後，弗雷澤說道：「警察來了嗎？他們有在做些什麼嗎？」

「他們正在樓上。我想是在檢查貝蒂的物品。」

「他們不知道是誰……他們還不知道……」

他停滯下來。他敏感、害羞，性格上憎惡把殘暴的事實訴諸言語。

白羅身體向前稍做挪動，提了個問題。他用一種談公事、務實的語氣說話，儘管他詢問的話題是個毫不重要的細節。

「巴納德小姐是否告訴過你，昨天晚上她去了哪裡？」

弗雷澤回答問話，語氣十分死板：「她告訴我要和一位女性朋友去聖琉娜。」

「你相信她的話嗎？」

「我——」突然間，這個機械人醒悟過來。「你究竟是什麼意思？」

他面露兇相，因猛然的憤慨而痙攣，看得出女孩是會害怕激怒他。

白羅乾脆地說：「貝蒂．巴納德是被一個殺人狂所謀害。你只有告訴我們實情，才有助於我們逮捕他。」

他的眼光轉向梅根，停了一會兒。

「是的，唐，」她說，「這不是顧慮自己或別人感受的時候，你該分辨得清楚才是。」

唐納德．弗雷澤懷疑地望著白羅。

「你是誰？你不是警方的人嗎？」

「我比警察要更好一點。」白羅說道，他說這話並不出自狂妄，對他而言，這僅是簡單的事實陳述。

「告訴他吧。」梅根說。

唐納德．弗雷澤降服了。

「我——也不確定。」他說道，「她告訴我的時候，我相信從未想到別的什麼。隨後，也許是她的態度有些異樣，我，我開始有點懷疑。」

「是嗎？」白羅說。

他面對唐納德．弗雷澤坐著，雙眼緊盯著這個人的眼睛，像是在施行催眠。

「我對自己的疑心病重感到羞愧，可是，我確實感到懷疑……我想到過要在她離開餐廳的時候去門口看看。我確實去了那兒，但馬上覺得不可以，貝蒂會看見我，她會生氣的，她很快就會察覺我在盯梢。」

「那你做了什麼呢？」

「我去了聖琉娜，大約八點到那地方。然後我去盯公共汽車，想看她是否在某輛車中，可是毫無她的蹤影……」

「然後呢？」

「我慌亂得不知所措。我相信她一定是與什麼男人在一起，我想可能那人開車帶她去了哈斯丁。我就趕去那裡，在旅館、飯店裡進行查詢，在電影院尋找，我還去了碼頭。那全是些愚蠢的做法。因為即使她就在那兒，我也無法找到她；而且，他可以帶她去一大堆別的地方，而不一定是哈斯丁。」

他停下來。我清楚感受到他話語中的茫然、迷惑、痛苦與憤怒。

「最終我放棄了，便回家來。」

「是在什麼時間？」

「我不知道，我是步行回家的，到家時應該是午夜或更晚一點。」

「隨後——」

廚房門被人推開。

「噢，你們在這裡。」凱爾西警官說。

克羅姆警官推身走過他，看了一眼白羅，也瞥了兩位陌生人一眼。

「這是梅根・巴納德小姐和唐納德・弗雷澤先生。」白羅介紹他們。「這位是從倫敦來的克羅姆警官。」他解釋道，並向警官說：「當你在樓上進行檢查時，我和巴納德小姐、弗雷澤先生談了一下，看看是否能為此案找到一些方向。」

「哦，是嗎？」克羅姆警官說。他此時的思維並未在白羅身上，而是那位新來者。

白羅退回到客廳裡，他通過時，凱爾西警官親切說道：「發現什麼沒有？」

可是他的注意力被他的同事所吸引，所以也無心等候答覆。

我也隨白羅來到客廳。

「有什麼東西啟發了你嗎，白羅？」我詢問道。

「凶手那驚人的寬宏大量，海斯汀。」

我毫無勇氣表示，我一點也沒弄懂他是什麼意思。

13 會議

開會啦！

我對ＡＢＣ案件的回憶充塞著許多會議。

蘇格蘭警場的會議，白羅房間裡的會議；正式的會議，非正式的會議。

這次會議是討論與匿名信相關的諸多事件是否要公布於媒體。

貝斯希爾謀殺案引起的關注要比安多弗大得多。

當然，這場謀殺案有較多供人傳聞的因素。首先，它的遇害人是個年輕漂亮的女孩，而且，案件還發生在一個受人喜愛的海濱勝地。

凶殺案的細節被全盤報導，也被人們偷偷地一點一點篡改，那本ＡＢＣ鐵路指南受到了相當的關注。最為人稱道的說法是：凶手是在本地買下這本書，所以該指南成為識破他的重要線索；那凶手看來像是乘火車來到此地，並打算回倫敦去。

那本鐵路指南並沒有在安多弗謀殺案的報導中出現，所以目前在一般民眾眼中，這兩件案子不太可能被聯想在一起。

「我們應該制訂策略。」副廳長說，「關鍵在於哪種方法對我們最有益？我們是否要把真相透露給大眾，以尋求他們的合作？這等於是獲得幾百萬人的合作，一起尋找凶手——」

「他看來不像瘋子。」湯普森醫生插話，「他還會想要尋購ＡＢＣ指南。與此相反，我認為悄無聲息地展開行動較具優勢，不讓那個人知道我們要做些什麼，然後讓他知道我們了解所有的情況。他是故意用信件引起注意。哦，克羅姆，你意下如何？」

「我是這樣看的，先生。如果你把案子公布於眾，你就落入ＡＢＣ的圈套，那正是他想要的。把案件公開，使之臭名昭著，那就是他一心嚮往的事。我說得對不對，醫生？他期望能引來軒然大波。」

湯普森醫生點點頭。

副廳長沉思地說道：「所以你主張使他受挫，斷絕他所渴求的成名機會。您以為如何，白羅先生？」

白羅並沒有馬上接話；開口後，看得出他謹慎地選擇用詞。

「這使我很為難，隆內爾爵士，」他說，「你可以說我是本事件的關係人。這個挑戰是衝著我而來，如果我表示『封鎖實情，切勿公之於眾』，人們會不會認為這是我的虛榮心作祟，以為我要維護自己的聲譽？太為難了！把它宣揚出來、讓所有人都知道也有好處，它至少是種警告；但另一方面，我也和克羅姆有同樣的想法——這正是凶手要我們做的。」

「噢，」副廳長擦擦下巴，遠遠地望著湯普森醫生，說道，「試想，若我們斷絕這個瘋子渴求出名的願望，不去滿足他，他會做些什麼呢？」

「進行另一次謀殺，」醫生迅速地說，「迫使你行動。」

「如果我們在報刊發頭條對此事大肆宣揚，那麼他會有何反應？」

「答案是相同的。若這麼做呢，你會助長他的狂妄幻想；要那麼做呢，你又使他受挫，但結局都是一樣的——那就是會有另一場謀殺案。」

「你要說些什麼，白羅先生？」

「我同意湯普森醫生的意見。」

「這真是進退兩難，啊？你認為這個瘋子還打算幹幾件謀殺案？」

湯普森醫生的眼光穿透過去，盯著白羅看。

「看來像是從字母A到Z。」他聲音宏亮地說道。

「當然，」他繼續說，「他不會走到那一步的，絕對不會。在那之前，你就會逮住他。我只是很有興趣知道，他會如何處理字母X[18]。」他從這種純粹逗樂的推測當中回過神來。「可是在那之前，你就會抓住他的。可能在G或H的時候吧。」

副廳長用他的拳頭捶著桌子。

「我的天，你是在告訴我，我們還要面對五樁謀殺案嗎？」

「不可能那麼多的，長官。」克羅姆警官說，「請相信我。」

他的語氣中夾帶著自信。

「在哪個字母時你認為會破案，警官？」白羅問。

他的聲音中帶有輕微的嘲諷意味。我看出，克羅姆不快地望著他，其中摻雜著冷靜的傲慢。

「下次我們就可能逮住他，白羅先生。無論如何，當他一做到F的時候，我保證會抓他歸案。」

他轉向副廳長。

「我認為我已極其清楚地掌握了本案的心理因素。如果我說錯的話，請湯普森醫生再糾正我。我認為，每一次ABC做完一件謀殺案時，他的自信程度會上升百分之一百。每次他都會感到『我很聰明，他們抓不到我！』他會變得極度自信，但同時也會粗心大意起來。他會膨脹自己的機敏，認為別人都很愚蠢。他很快就不願意費心做事先的防範。我說得對嗎，醫生？」

湯普森點點頭。

18　拿X字母做開頭的名字或地名，在英國幾乎沒有。

「往往是這樣的。就非醫學術語而言，再沒有比這更好的解釋了。你應該了解一些此類的情況，白羅先生，你不同意這種觀點嗎？」

我認為克羅姆不喜歡湯普森向白羅求教。他認為他（也只有他自己）才是本案的專家。

「克羅姆警官說的很對。」白羅表示同意。

「偏執狂。」醫生喃喃說道。

白羅轉向克羅姆。

「在貝斯希爾一案中，有什麼特別的線索嗎？」

「沒什麼確定的東西。在伊斯特布恩的斯普蘭餐廳，有位服務生認出那位死者的照片，她二十四日晚間曾在此用餐，有位戴眼鏡的男子陪伴著她。在貝斯希爾與倫敦之間的途中，有間名叫『緋紅色跑步者』的小旅社，那兒也有人認出了她，他們說二十四日晚上九點鐘，她曾與一名男子在那裡，那男的看上去像個海軍軍官。他們不可能全是對的，但其中一個或有可能。當然，還有許多其他的指認，但大多毫無用處。我們還未能追蹤ABC。」

「哦，看來你查得已夠周全，克羅姆。」副廳長說，「你覺得如何，白羅先生？你的調查行動有什麼斬獲嗎？」

白羅慢吞吞地說道：「在我看來，似乎有一條極重要的線索——發現犯罪動機。」

「那不是挺明顯的嗎？這是一種按字母順序情結進行的犯罪——你是那樣稱呼它的吧，醫生？」

「沒錯，」白羅說，「這確實是依字母順序情結所進行的犯罪。可是為什麼會按字母順序呢？一個瘋子要犯罪，總是有一個強烈的原因。」

「得了吧，白羅先生，」克羅姆說，「請看一九二九年的石匠案，凶手殺害的都只是些稍稍冒犯到他的人。」

白羅轉身朝向他。

「確實如此。如果你是個相當自負和自大的人，稍稍的冒犯就能使你大為光火了。如果一隻蒼蠅一而再地停在你的前額，使你因癢癢而惱火，你會怎麼做呢？你一定竭力想殺死那隻蒼蠅，你對此一點也不感到猶疑，因為你很重要，而蒼蠅可是無足輕重。你殺掉蒼蠅，煩擾也就此平息。你的舉動對你自己而言極其正常，無可非議。另外一個殺死蒼蠅的原因是你有一種強烈的衛生觀念，而蒼蠅對於公眾而言是種潛在的危險源，必須消滅掉。精神錯亂型的罪犯，他們的思維也是如此。可是現在我們考慮一下這個案子。如果受害人是以字母順序來挑選的，那麼他們之所以被消滅掉，就並不是因為他們對凶手本人是種煩擾之源，那把這兩個案子聯繫在一起，就是種過於勉強的巧合。」

「正是如此。」湯普森醫生說道，「我記得有一個案子，一個女人的丈夫被判死刑，她便開始一個接一個地殺死那些陪審團成員。過了好長一段時間之後，這些案子才被聯想起來，在此之前，它們看來完全像是偶然的事件。正如白羅先生所言，沒有一個罪犯會隨機、隨意地去犯罪。他會除掉攔路的人（無論他們是多麼的微不足道），或者他會因某種意念而動殺機。不管他是殺死牧師、警察或妓女，都是因為他深信這些人必須除掉。但就我目前看來，這一點沒辦法應用在這次的案子上。阿雪爾太太和貝蒂．巴納德完全無法被列為同一生活圈的人。當然，可能有一點性別因素，兩個被害人都是女性。在下次謀殺案後，我們自然會進一步地了解……」

「看在上帝的份上，湯普森，別這麼若無其事地談到下一場罪行，」隆內爾爵士氣呼呼地說，「我們要盡力阻止另一場謀殺。」

湯普森醫生隨即沉默不語，用力擤了鼻子。「那就悉聽尊便，」那聲音似乎在說，「如果你不願面對現實——」

副廳長轉向白羅。

「我明白您的重點，只是內容還不是太清楚。」

「我問自己，」白羅說，「凶手的腦袋裡到底在流動些什麼想法？從他的信中似乎可以看出，他之所以殺人，是為了刺激——純粹為了自娛。那是真的嗎？即使確實如此，除了按字母順序之外，他還會以什麼原則來挑選謀殺對象？如果他僅僅是為了自娛而進行謀殺，他就用不著宣揚，這樣才能不著痕跡地進行謀殺。可是事實並非如此，正如我們一致的觀察，他渴望在公眾的眼中引起軒然大波，大出風頭。他到底受了什麼樣的壓抑，引發他選擇這兩位受害者下手？最後一個設想是，他的動機是出於對我——赫丘勒．白羅的憎恨嗎？他公然向我發出挑戰，是否因為我曾經（其實我自己並不知曉）在我的職業生涯之中擊潰過他？或者，是他對一個外國人有著非個人因素的憎恨？如果是這樣的話，是什麼因素導致了那種情緒呢？他又在一個外國人身上受過什麼樣的傷害呢？」

「這全是些很值得討論的問題。」湯普森醫生說。

「哦，是的，可能現在還有點難於回答。」克羅姆警官清了清嗓子。

「總之，我的朋友，」白羅說，眼睛直視著他。「解決的方法就在那些問題當中。如果我們知道這個瘋子犯下這些案子的確切理由——可能這些理由對我們來說有點異想天開，但對他而言則順理成章——這樣我們就可以知道下一個受害人會是誰了。」

克羅姆搖搖頭。

「他只是出於偶然才選擇了他們，這是我的看法。」

「這個寬宏大量的兇手。」白羅說。

「你說什麼？」

「我說——這個寬宏大量的兇手！如果沒有那些ABC警告信的話，弗朗茲．阿雪爾會因謀殺妻子而被捕，唐納德．弗雷澤則可能因謀殺貝蒂．巴納德而被捕。他不能忍受別人蒙受不白之冤，這是不是意味著他有一副好心腸？」

「我知道發生過這種奇怪的事情。」湯普森醫生說，「我也知道有人在謀害數人之後，只是因為其中一個受害人沒有立刻死亡、受到了痛苦而精神崩潰。還是一樣，我認為這也並非這位兇手行兇的理由。他之所以承認這些罪行，完全是為了炫耀、頌揚自己。這是最貼切的解釋。」

「我們還沒有就是否公開一事達成決議。」副廳長說。

「容我提出一個建議，先生，」克羅姆說，「我們為什麼不等收到下一封信再公開？以專刊的形式或什麼的把它公諸於世。當然，此舉會在那個被點名的城鎮中引發一些恐慌，但也會使那些以C作為姓名開首的人警惕起來，而且也將激發這個ABC，他會決心非成功不可，而那時我們就能夠逮到他。」

我們對未來的發展，了解得多有限啊！

14 第三封信

我非常清楚記得第三封信到來的情形。

我可以說，我們已採取了所有的預防措施，以便ABC再次採取行動時，不會產生不必要的耽誤。蘇格蘭警場的一位年輕警官被派駐到我們的住所，如果白羅和我有事外出，他就負責拆開所有寄來的郵件，以便不失時機地與總部保持聯絡。

日子就這樣一天天地過去，我們變得愈發焦慮不安。克羅姆警官那冷淡而傲慢的神態變得愈發冷淡和傲慢，因為他寄予希望的線索一個接一個破滅。那些見過貝蒂·巴納德的含糊描述已經毫無作用；在貝斯希爾和庫登附近出沒過的汽車，不是各圓其說，就是難以追蹤；針對ABC鐵路指南的購買情況也進行了調查，這引來許多不便之處，也給眾多無辜人士帶來麻煩。

對我們而言，每當門口響起郵差熟悉的砰砰敲門聲，我們的心就會因憂慮而急速跳動。

至少對我來說是如此，而我相信白羅的感受必然也一樣。

我知道，他非常憎惡這個案子。他不願意離開倫敦，以防緊急事故發生時錯失先機。在那些焦躁不安的日子裡，甚至連他的鬍子都委靡不振，被他的主人忽略了好長一陣時間。

那天，當我們聽到那熟悉的腳步聲和清脆的敲門聲時，我照例起身走向郵箱。我記得裡面有四、五封信。最後一封信的地址是用打字機打的。

「白羅。」我叫道，聲音漸漸消失。

「信來了嗎？拆開信吧，海斯汀，快點。我們要分秒必爭，以便做好計畫。」

我撕開信（白羅這次倒未因我未撕整齊而責備我），抽出打字的信。

「把它讀一下。」白羅說。

我大聲誦讀道：

可憐的白羅先生：

您實在不擅長處理這些小案子，是吧？您早已過了您的黃金時期，是不是？讓我們看看，您這一次是否能進步一些。這次的案子很容易。三十日在徹斯頓（Churston）。嘗試做些什麼吧！您知道，總是由我在表現，這實在太無趣了一點。

祝您收穫良多！

永遠的ＡＢＣ

「徹斯頓，」我說，奔向我們自己的那本ABC鐵路指南。「我們來查查它在哪裡。」

「海斯汀，」白羅的話音尖利，阻止了我。「那信是什麼時候寫的？上面有日期嗎？」

我看了一眼手中的信。

「是二十七日寫的。」我說。

「我聽得沒錯吧，海斯汀，他是否提到謀殺案的日期是三十號？」

「對啊，我看看，那是……」

「Bon Dieu[19]，海斯汀，你還沒想到嗎？今天就是三十日啊！」

他激動地用手指著牆上的日曆。我則抓起報紙以做確定。

「但為什麼，怎麼會……」我結結巴巴地說。

白羅從地上撿起已撕開的信封。我腦中粗略有些印象，似乎信封上的地址有點怪，可是由於我太急於讀信的內容而忽略了它。

白羅住在白港公寓內，但信封上的地址是「白馬公寓，赫丘勒．白羅先生收」，信封角落潦草地註明著「EC一區白馬公寓查無此人，白馬苑亦查無此人；試投白港公寓」。

「我的天哪！」白羅小聲道，「難不成老天爺也想幫助這個瘋子？快點，我們必須趕去

19 法語，意思是「上帝啊」。

蘇格蘭警場。」

一兩分鐘後，我們透過電話與克羅姆交談。這位極有自制力的警官這次倒是沒有回答「哦，是嗎」，而是迅即悶哼了一聲。他聽我們講完一切之後，便掛上電話，以最快速度準備好一輛車趕赴徹斯頓。

「C'est trop tard[20]。」白羅小聲說。

「那倒未必。」我爭辯道，儘管感覺也沒什麼希望。

他瞅了一眼時鐘。

「十點二十分？要一小時四十分鐘才到得了那裡啊！這麼長的時間內，ABC會不下手嗎？」

我打開已從架上取下的那本鐵路指南。

「徹斯頓，達文郡，」我讀到，「離派汀頓二百零四又四分之三英里，人口為六百五十六人。這看來是個很小的地方，顯然我們這位凶手會被注意到的。」

「即便如此，還是有另一個生命要被謀害了。」白羅小聲道，「有哪幾班火車？我想坐火車會比汽車快。」

「有午夜的火車，可以坐臥車先到紐頓·阿布特，早晨六點八分到那兒，然後可於七點十五分到達徹斯頓。」

「那是從派汀頓出發的？」

「派汀頓，是的。」

「我們就坐那班車，海斯汀。」

「在我們出發之前，沒有時間再打聽任何消息了。」

「不管是今晚或明天早晨，若得到的是壞消息，也於事無補。」

「總還可以做些什麼吧。」

我把一些物品收拾進旅行箱，白羅再次撥通蘇格蘭警場的電話。

幾分鐘後，他走進臥室，問道：「Mais qu'est-ce que vous faites là[21]？」

「我在為你收拾，我想這樣可以節省時間。」

「Vous éprouvez trop d'emotion[22]。海斯汀，你的雙手和腦子都受到影響了。怎麼能那樣疊衣服呢？看看你怎麼弄我的睡衣的？如果洗髮精打破的話，那睡衣會變成什麼樣子？」

「老天啊，白羅。」我叫道，「這可是生死攸關的事情，我們的衣服會怎麼樣，又有什麼關係呢？」

「你真是缺乏協調感，海斯汀。火車沒有開動，我們早到也是沒用的，而弄壞一個人的

20 法語，意思是「這太晚了」。

21 法語，意思是「你在幹什麼呀」。

22 法語，意思是「你受刺激太深了」。

衣服，根本就無法阻止謀殺案的發生。」

他堅決從我手中取過衣箱，自己整理起來。

他叮嚀道，我們要把信和信封帶到派汀頓去，蘇格蘭警場會派人在那裡與我們會面。

當我們抵達站台時，第一個見到的人就是克羅姆警官。

他回應了白羅那滿是詢問的神情。

「現在還沒有消息。所有可派遣的人都已在尋查，只要可能的話，以C為姓名開頭的人都會接到電話警告。我們只有一點機會。信在哪裡？」

白羅把信交給他。

他檢查了信件，喘口氣，口中咒罵著。

「這傢伙真他媽的好運氣！運氣在幫助這傢伙。」

「你難道不認為，」我建議道，「他是故意這樣做的嗎？」

克羅姆搖搖頭。

「不，他有自己的規矩，瘋狂的規矩，他牢牢地遵守這些規矩。他會給予充分的警告，他必定會那樣做，那也是他自吹自擂之所在。我懷疑——我敢打賭這傢伙喝的必定是白馬牌威士忌。」

「啊，這太妙了！」白羅說，忍不住讚嘆起來。「他在打信時一定把酒瓶擺在跟前。」

「一定是那樣子的。」克羅姆說，「我們都幹過那樣的事，無意識地寫下眼前看到的東西。他一定先寫了『白』字，然後又寫了『馬』而不是『港』字……」

我們發現，警官也是坐火車前來的。

「即使碰到天大的好運平安無事，徹斯頓還是下手的目標。我們的凶手正在那裡，或是今天他去過那裡。如果有事發生，我們有位同事會守著電話直到最後。」

正當火車駛離站台時，我們看見有個人沿著站台跑來。他跑到警官的窗前，口裡叫喊著什麼事。

火車駛出車站後，白羅和我迅速穿過走廊，敲打著警官臥廂的門。

「有什麼消息嗎？」白羅問道。

克羅姆平靜地回答：「事情真的很糟糕。卡邁科．克拉克（Clarke）爵士被人擊打頭部致死。」

卡邁科．克拉克爵士是個頗有聲望的人，儘管他的姓名對一般人來說並不熟悉。他是個非常有名的喉科專家，退休後生活富足，開始浸淫於他生命中的熱愛——收藏中國陶器和瓷器。數年之後，他從一位伯父那裡繼承了相當數額的一筆財產，便更全心投入這項嗜好，現在他已經是收藏中國藝術的名家了。他結過婚，但並未生育孩子，住在達文郡海邊一幢自己建造的房子裡，只有在遇上重要的生意要談時，他才偶爾來倫敦。

不用多想，我們就能了解到，在那位年輕美貌的貝蒂．巴納德之後，他的死會成為這幾年來報界的最大焦點。此時正值八月，報紙大都缺少專題報導，這一事件會使事態更嚴重。

「好吧，」白羅說，「很可能，把事情公開了，能夠完成暗中運作所做不到的事。現在整個國家都在追查ＡＢＣ了。」

「不幸的是，」我說，「那正是他所圖謀的。」

「正確，但這可能成為他自取滅亡的根源。由於不斷得手，他會變得粗心大意……那正是我所企盼，他可能會得意忘形。」

「這一切是多麼奇怪啊，白羅。」我驚呼道，突然間我靈機一動。「你知道嗎，我們這是第一次合作調查這種案件，以往我們遇到的凶手都是潛伏在暗處。」

「你說得對，我的朋友。一直以來，直到現在，所有的案子我們都得從『內部條件』著手，被害人的個人歷史總是關鍵所在。重要關鍵總在於『誰能夠從死亡中得利？他有什麼機會犯案？』，那一直是一種『Crime intime』[23]。現在，是我們聯手以來第一次，面對一個冷血、無情的凶手，是個利用『外部條件』的凶手。」

我感到一陣顫慄。

「那真是非常可怕……」

「是的。自從我看到第一封信起，我就感到有地方不對勁……什麼不幸的事情……」他不耐煩地打了一下手勢。「絕不能向畏懼屈服，這並不比普通的案子來得殘忍。」

「不，不……」

「難道謀殺陌生人的生命，會比謀害那些與你親近、依賴和信任你的人來得殘忍？」

「說它殘忍是因為那很瘋狂……」

「不，海斯汀，這案子並不是比較殘忍，而是比較困難。」

「不，不，我不同意你的觀點，它太令人驚駭了。」

赫丘勒·白羅若有所思地說道：「正因為很瘋狂，它應該更容易偵破。一個狡猾、聰明的人所犯的罪行，其實會複雜許多。如果能集中注意力在『理路』之上，這個字母順序的把戲其實有許多破綻。一旦我能看出它的理路，那麼事情就會一目了然而且簡單……」

他嘆口氣，搖搖頭。

「不能讓這些罪行再繼續發生。快，快，我必須盡早看出真相……去吧，海斯汀，睡會兒覺吧，明天我們還有許多事情要做。」

23 法語，意思是「親朋間的犯罪」。

15 卡邁科・克拉克爵士

徹斯頓，位於布里史漢和另一邊的潘頓與托基中間，占有托貝海灣。大約十年以前，它還是一個高爾夫球場，球場下面是一片芳草萋萋的鄉郊地帶，一直綿延到海邊，其間偶爾有一兩處農家房舍。近些年來，在徹斯頓與潘頓之間有了些大型建築物，而海岸邊只是零星有些小農舍、平房、新修築的公路等。

卡邁科・克拉克爵士在此地購置了大約兩英畝的土地，將這裡的海景一覽無遺。他購買的房子設計挺現代化的，白色的長方形則有點兒煞風景。除了兩間放置收藏品的大房間外，這所房子並不太大。

我們大概是早晨八點到達那裡的，當地的一位警官來車站接我們，並向我們講述了大致的情形。

卡邁科・克拉克爵士似是有晚餐之後出門散步的習慣，當警察打電話去的時候——那大約是在十一點之後——他還沒有返回家中。由於他外出散步時總是謹循同樣的路線，所以搜查隊伍不久便發現了他的屍體。他是被人用重物猛擊後腦致死，有一本打開的ＡＢＣ鐵路指南，朝下放在屍體邊。

我們約莫八點鐘抵達康比塞（這是那所房子的名字）。開門的是位年長的老管家，他的雙手顫抖不停，一臉哀色，明顯看出這個悲劇對他打擊很大。

「早安，德夫里。」警官說。

「早安，韋爾斯先生。」

「這幾位是從倫敦來的先生們，德夫里。」

「這邊請，先生們。」他招呼我們進入一間狹長的飯廳，桌上仍擺放著早餐。「我去叫富蘭克林先生。」

一兩分鐘後，一位高大的金髮男子走進屋內，他的臉龐曬得黝黑。

他的態度堅毅、精幹，是個善於應付突發事件的人。

「早安，先生們。」

韋爾斯警官做介紹。

「這位是蘇格蘭警場的克羅姆警官，赫丘勒．白羅先生和——呃，海特爾先生。」

「海斯汀。」我冷冷地予以糾正。

富蘭克林．克拉克和我們每個人輪流握手。每次握手的時候，他總會用滿懷洞察力的眼神看著我們。

「請你們一起來用早餐吧。」他說，「我們可以邊吃邊談。」

沒人表示異議，我們立刻大口品嘗起那些烹製精美的雞蛋、燻肉和咖啡。

「剛才，」富蘭克林．克拉克說，「韋爾斯警官已告訴我昨晚發生的大概情況——儘管如此，我要說，這是我所聽過最野蠻的事。克羅姆警官，難道我真得相信，我那可憐的哥哥是某個殺人狂的祭品？而且這已經是第三樁凶殺案，還有，每次案發時都會有一本ＡＢＣ鐵路指南放在屍體旁邊？」

「情況確實如此，克拉克先生。」

「那是為了什麼？就算發揮最病態的想像力好了。這種罪行究竟會帶來什麼好處？」

白羅點頭表示讚許。

「你真是直指要害，富蘭克林先生。」他說道。

「現在還無法查明凶手犯罪的動機，克拉克先生，」克羅姆警官說，「那是精神病專家的事情——儘管我對精神錯亂的犯罪有過一點經驗，我可以說，其動機大體上都不充分。他們亟欲展露風頭，在公眾的眼中引起轟動——他們想成為大人物，不想一生籍籍無名。」

「白羅先生，是這樣嗎？」

克拉克面露懷疑的神情。他轉向這個年長者垂詢，讓克羅姆警官有點難堪，他皺了一下眉頭。

「千真萬確。」我的朋友答覆道。

「無論如何，這樣的人是不會一直逍遙法外的。」克拉克沉思著說道。

「你這樣認為？啊，他們可是挺狡猾的，這些人啊！你必須牢記，這種人通常都是貌不驚人的類型，他屬於那種會被人忽略、受人忽視甚至嘲笑的人！」

「你是否可以告訴我一些線索，克拉克先生。」克羅姆突然間插話。

「當然可以。」

「我想知道，昨天你哥哥的身體和精神狀況是否正常？有沒有收到過特別的信件？沒什麼事使他心煩意亂嗎？」

「沒有。我必須說他昨天與平常無異。」

「沒有心情煩躁或焦慮？」

「對不起，警官，我可沒那樣說，我可憐的哥哥平常就挺煩躁焦慮的。」

「為什麼會那樣？」

「你可能並不了解我嫂子克拉克夫人的情形，她的身體違和。坦白說，就在我們之間說說，她已得了不治的癌症，活不了太長時間了。她的病情使我哥哥憂心忡忡。我自己才從東方回來不久，看到他身上的變化，我十分震驚。」

白羅插話，問了一個問題。

「試想，克拉克先生，如果你哥哥中彈死在懸崖腳下——或者屍體旁邊留下一把左輪手槍，你的第一個反應會是什麼？」

「坦白說，我會直覺他是自殺身亡。」克拉克說。

「Encore![24]」

「什麼意思？」

「重複一次。沒什麼重要的。」

「不管怎樣，這可不是自殺。」克羅姆帶著一絲魯莽，說道，「我想，克拉克先生，你哥哥有每晚出去散步的習慣？」

「是的，一向如此。」

「每晚都去嗎？」

「嗯，當然，在下大雨時，他就不出去。」

「這所房子裡的人都知道他這個習慣嗎？」

「當然。」

「外邊的人知道嗎？」

「我不太明白你所謂外邊的人是誰，我就不知道花匠是否了解他這個習慣。」

「村子裡的人們呢？」

「嚴格來說，我們並不是一個村子。在徹斯頓—費蕾斯那兒有個郵局和一些村舍，但並沒有村莊或商店。」

「我猜想一個陌生人如果在此地走動，他極易被別人注意到吧？」

「恰恰相反。八月份，這個地方總是充滿了鬧哄哄的陌生人。他們每天坐著大車、小車或是步行從布里史漢、托基和潘頓趕來。在那底下有個布羅森（他用手指指那個方向），是個受人歡迎的沙灘，厄布里灣也是，是個著名的風景點，人們喜歡去那兒野餐。我真希望他們別來！你一定無法想像，在六月份和七月初的時節，這塊地方有多麼美麗和安寧！」

「所以你認為一個陌生人是不會被注意到的？」

「除非一副精神病的樣子。」

「他不會是個外表看來有精神病的人，」克羅姆自信地說，「你該懂得我的意思。這個人必定事先來勘查過此地，發現了你哥哥有每晚散步的習慣。順便說一句，我猜想，昨天並沒有陌生人來見卡邁科爵士？」

「這我倒是不清楚，我們可以問問德夫里。」

他按響鈴，向老管家提問。

「不，先生，沒有人來找過卡邁科爵士。我也沒有看到誰在房子附近打轉，女僕們也不知道，因為我已問過她們。」

24 法語，意思是「又來了」。

管家等了一會兒，然後詢問道：「就這樣嗎，先生？」

「是的，德夫里，你可以走了。」

管家退出，走到門口時身體往後一退，以便讓一位年輕女士進屋。

她進入房間時，富蘭克林．克拉克站起身來。

「這位是格雷小姐，先生們，她是我哥哥的祕書。」

這位小姐有著與眾不同的斯堪地那維亞氣質，我的注意力馬上被她所擄獲。她有著幾乎是無色的蒼灰髮絲和淺灰色眼睛，一身挪威人和瑞典人那種明朗亮麗的白皙皮膚。她看上去有二十七歲，姿態跟她的打扮一樣明快。

「我能為您做些什麼？」她說著坐下。

克拉克端了一杯咖啡給她，可是她拒絕了。

「你平常是否處理卡邁科爵士的郵件？」克羅姆問道。

「是的，所有的郵件。」

「我猜想他從未收到落款為ＡＢＣ的信件吧？」

「ＡＢＣ？」她搖搖頭，「沒有，我確定他沒有收過這樣的信件。」

「他最近有沒有提到晚上散步時看過什麼人在閒逛？」

「沒有，他從未提到過這種事。」

「而你自己可曾注意到有陌生人在此閒逛？」

「不能說是閒逛。當然，這個季節外面有許多人在所謂的『遊蕩』。你常常能碰到一些人漫無目的緩步穿過高爾夫球場，或走下步道朝往海邊。同樣的，每年此時所見到的人幾乎都是陌生人。」

白羅若有所思地點點頭。

克羅姆警官要求去察看卡邁科爵士晚間散步的地方。富蘭克林．克拉克帶頭穿過落地長窗，格雷小姐陪著我們。

她與我稍稍落在別人後面。

「這一切對你一定是個可怕的打擊。」我說。

「實在令人難以置信。昨天警局來電話的時候，我已經上床休息。我聽見樓下的聲音，跑出來問是怎麼回事。德夫里和克拉克先生正在點燈……」

「卡邁科爵士通常什麼時間散步回來？」

「大約九點四十五分。他常從邊門進來，然後有時他直接回臥室睡覺，有時去那間擺放收藏品的陳列室。所以若非警察打電話來，他們一定得到早上去叫他的時候，才會發現他失蹤了。」

「對他太太而言，這必定是個可怕的打擊。」

「克拉克夫人靠注射大劑量的嗎啡來維持生命。我想，她太虛弱了，無法了解周遭發生的事。」

我們走出花園的門，繼續朝向高爾夫球場。轉過球場的一個彎道後，我們穿過一扇旋轉柵門，走入一條險峻蜿蜒的小徑。

「這條道路通向厄布里灣，」富蘭克林・克拉克解釋道，「可是在兩年前，他們修築了一條新路，從主要的公路通向布羅森，然後再通向厄布里灣，因而現在這條小道實際上已廢棄不用。」

我們沿著小路往下走。小路底下有一條小徑，小徑兩邊長滿荊棘和蕨草，直達海邊。轉眼間，我們已置身於一片青草蔥鬱的山脊，俯視著大海和一片熠熠閃光的白色卵石沙灘。四周全是墨綠色的樹木，樹林一直延伸到海岸邊上。這個地方的景色沁人心脾，潔白、深綠和寶石藍交相輝映。

「真是太美了。」我驚呼道。

克拉克熱切地轉向我。

「可不是嗎？人們為什麼要老遠跑去里維拉[25]，他們可以到這兒來嘛！我花大半輩子遊歷了世界各地。我可以向上帝起誓，你絕對找不到比這裡更美麗的地方！」

然後，可能因自己過分激動而感到有點慚愧，他趕緊換用一種平實的口吻說：「這裡就是我哥哥每晚散步的地方。他一直走到這裡，然後回到那條小路，向右轉後，穿過農場和田野，再回到家裡。」

我們繼續前行，來到田野中央近樹籬旁的一個地方，屍體就是在這裡被發現的。

克羅姆點點頭。

「這太容易了。那個人站在這兒的陰影當中，你哥哥無法注意到他的任何舉動，直到襲擊降臨。」

我身邊的小姐突然一陣戰慄。

富蘭克林·克拉克說：「堅強點，索拉。這事情確實很殘酷，可是沒有必要對事實避口不談。」

索拉·格雷——這個名字倒是滿適合她的。

我們步行回到那幢房子，屍體已在拍完照後運回到屋裡。

當我們邁步登上寬大的樓梯時，醫生從屋裡走出來，手中握著黑提包。

「有什麼情況可告訴我們的嗎，醫生？」克拉克詢問道。

醫生搖了搖頭。

「這案子極其簡單。我會把技術層面的問題留待驗屍審訊時再講解。無論如何，他倒是未感到任何痛苦，可能在瞬間就死亡。」說完他便離開。「我要去看看克拉克夫人。」

一位護士從房間中走出來，沿走廊走遠，醫生與她並排而行。

25 里維拉（Riviera），法國東南部和義大利北部沿地中海的假日遊憩勝地。

我們走進那個醫生剛剛出來的房間。

我極快速地又走出來，索拉．格雷仍然站在樓梯口。

她臉上帶著一絲害怕的表情。

「格雷小姐——」我停住腳步。「有什麼事嗎？」

她望著我。

「我在想，」她說，「關於D的事情。」

「關於D的事情？」我笨拙地望著她。

「是的，下一場謀殺。我們一定要做點什麼，必須阻止它。」

克拉克在我身後也走出房間來。

「什麼必須阻止，索拉？」

「這些可怕的謀殺。」

「對。」他的下頜高揚起來。「我想與白羅先生聊聊……那個克羅姆先生，他行嗎？」

他出人意料地脫口而出。

我回答說克羅姆是個非常聰明的警官。我的語氣可能不太真誠。

「他的態度真他媽的官僚，」克拉克說，「好像他什麼都懂。他其實知道些什麼呢？就我看來，他一無所知。」

他沉默不語了一會兒，然後說：「白羅先生才是值得我花錢的人。我心中有個計畫，我們隨後再談此事。」

他沿通道走去，敲敲醫生進去的那扇門。

我遲疑了一會兒。格雷小姐盯著前面看。

「你在想什麼，格雷小姐？」

她把眼睛轉向我。

「我在想他現在在哪裡……我是指那個凶手。案發到現在還不到十二個小時……噢，有沒有一個真正的千里眼可以看到他現在在哪裡，又在做些什麼……」

「警察們正在搜查──」我說。

我的陳腐之言喚醒了她。索拉·格雷打起精神來。

「是的，」她說，「當然。」

接著她便從樓梯上走下去。我又在那裡站了一會兒，腦中默記著她的話語。

ABC……

他現在在哪裡……

16

（並非海斯汀上尉的親身經歷）

亞歷山大・波拿帕・卡斯特先生與旁人一同步出托基的雅典娜劇院，他剛剛看完那場極具張力的電影《不識燕雀》……

他走入午後的陽光之中，稍稍眨眼，四處張望，一副茫然迷惘的樣子，這正是他的特徵所在。

他對自己小聲說：「這倒是個主意……」

報童經過，口中叫喊著：「最新消息……徹斯頓的殺人狂……」

徹斯頓謀殺案。最新消息。

卡斯特先生在他的口袋中摸索，找到一枚硬幣買了一份報紙，但並沒有馬上翻開它。

他走進公主花園，慢慢走向面對托基港的一個蔭涼處。他坐下來翻開報紙。

大大的標題印著：

卡邁科・克拉克爵士被謀殺
徹斯頓發生的恐怖慘案
殺人狂之作！

接著是下面的報導：

僅僅是在一個月前，貝斯希爾的一位年輕女孩伊麗莎白・巴納德慘遭謀殺，使得整個英格蘭都為之震動和驚惑。人們可能還記得，那案子中涉及一本ABC鐵路指南。在卡邁科・克拉克屍體旁邊同樣發現一本ABC，警方傾向於認定兩樁罪案係出自一人之手。那麼，這位殺人凶手是否可能在我們的海濱勝地進行另一場謀殺呢？

一位身穿法蘭絨長褲和鮮藍阿泰克斯襯衫的年輕人坐在卡斯特先生身邊，評論道：「這真是太卑劣了！」

卡斯特先生跳了起來。

「哦，非常……非常地……」

年輕人注意到他的手顫抖不已，幾乎拿不住報紙。

「你永遠也無法了解那些瘋子，」年輕人說著，「他們可不是一副傻頭傻腦的模樣，你知道，他們大半時間看上去就像你我一樣。」

「我想也是。」卡斯特先生說。

「事實如此。可能戰爭使他們錯亂，從此再也無法正常。」

「我……我想你說得沒錯。」

「我不喜歡戰爭。」年輕人說。

卡斯特先生轉向他。

「我不喜歡瘟疫、昏睡症、饑荒和癌症，可是它們照樣會出現！」

「戰爭是可以避免的。」年輕人確信地說。

卡斯特先生笑了，他笑了一會兒。

年輕人稍有驚恐。「他有點反常。」他尋思道。

然後他大聲說：「對不起，先生，我猜您參加過戰爭。」

「是的，」卡斯特先生說，「它……它困擾著我。我的頭從未正常過，頭老是痛，你知道，痛得厲害。」

「哦！那真不幸。」年輕人拙拙地說道。

「有時候我也不明白自己在做些什麼……」

「是嗎？噢，我必須走了。」年輕人說，然後匆忙離去。他很清楚人們一開始談自己的身體時會怎樣。

卡斯特先生則拿著報紙坐在那裡。

他讀了一遍又一遍。

人們在他面前往來走動，其中大多數人正在談論著謀殺案。

「太可怕了……你是否認為跟中國人有關？被害者不是一家中國餐館的女服務生嗎？」

「實際上是在高爾夫球場上……」

「我聽說在海灘上……」

「可是，親愛的，我們昨天才在厄布里喝下午茶……」

「警察必定會逮到他的……」

「說他每時每刻都可能被逮捕……」

「他很有可能在托基……而另一位婦女則是被『他們』謀殺……」

卡斯特先生仔細地疊好報紙，放在座位上。然後他站起身，鎮靜地走向小城。

女孩們從他身邊經過，她們穿著白色、粉紅色和藍色的衣服，身著夏日的連身裙、寬褲和短褲。她們歡笑，咯咯輕笑，眼睛品評著經過身邊的男人。

但她們的眼睛不曾有一刻停留在卡斯特先生身上。

他在一個小餐桌邊坐下，點了茶和達文郡的奶油。

17 標記時間

因卡邁科・克拉克爵士的慘遭謀殺，ABC謎案迅速獲得全方位的關注。

報紙上全是關於本案的新聞，而沒有其他的事件。各種各樣的「線索」在報端披露，逮捕行動也傳說即將展開。還有與謀殺案關係深遠的個人、地區照片。每個願意接受採訪的人都受到了採訪，有人還在國會針對本案提了問題。

安多弗謀殺案也與其他兩件案子串連在一起了。

蘇格蘭警場相信，盡可能公開事實才能掌握抓獲凶手的最佳機會。英國人民已化身為一支業餘偵探大軍。

《每日閃耀報》用以下標題強烈地刺激人們的感情：

他可能就在你的城鎮中！

白羅先生，當然，身處事件的目光焦點，ABC寄給他的信件被發表和影印出來。他因未能阻止犯罪而遭到大規模的攻擊，但同時又有人為他辯護，說他即要揭露凶手。

記者們持續不斷地糾纏著他要求採訪。「白羅先生今日所言——」，其後總會有半個欄目的蠢笨文章。「白羅先生就時勢闡述重要見解」、「白羅先生在成功前夕」、「海斯汀上尉，白羅先生的摯友，向我刊特派記者透露……」

「白羅，」我叫喊道，「請相信我，我可從未說過那樣的話。」

我的朋友心平氣和地回答：「我知道，海斯汀，我知道。口說之言和筆錄之詞中間，往往有一道驚人的鴻溝，他們總有辦法把說話者的原意顛倒成完全相反的詞句。」

「我只是不想讓你以為我說過……」

「別擔心吧，這都無關緊要。這些愚蠢的話甚至可能有所幫助。」

「怎麼會？」

「嗯，」白羅陰沉地說，「如果我們這位瘋子今天讀到據說是我在《每日趣事》中說的話，他會喪失對我這位敵手的敬意。」

因為我可能製造一種印象，表示案情調查還沒有實質進展。其實相反，蘇格蘭警場與許多郡縣的地方警局都在努力不懈地追蹤最細小的線索。

酒店、管理出租房屋和寄宿房子的人，所有位於犯罪地點廣泛區域內的地方，均受到仔細盤查。

許多想像力豐富的人們聲稱「見過一個外表極其怪誕、眼睛不住打轉的人」，或是「注意到一個人，他長著陰險的臉，在鬼鬼祟祟地踱步」，他們提供的數百個故事，都經過極其嚴格的篩選。所有的消息，甚至是最含糊不清的那一類都沒有被忽視，火車、公共汽車、電車、鐵路服務員、售票員、書攤、文具店，所有這些地方都進行了不折不扣的檢查和比證。

相當多的人士受到了扣留和盤問，非得到他們能夠提出他們在出事當晚的行蹤，使警方滿意，才會被釋放。

檢查的結果倒也並非完全空白。某些證詞頗值得思考，並被列為具有潛力價值而被記錄下來，但由於沒有進一步的證據，他們仍茫然無頭緒。

比較之於克羅姆與同事們的盡心盡力，在我看來，白羅則異常懶散。我們不時吵嘴。

「可是你要我做些什麼呢，朋友？例行的查問，警局要比我做得好。你就是——就是要我像狗一樣四處奔跑。」

「你只會靜坐在家中，就像是，就像是——」

「一個有常識的人！海斯汀，我的力量在於我的大腦，而不是雙腳！在你看來我無所事事，其實我從頭到尾都在思考之中。」

「思考？」我叫道，「這是思考的時候嗎？」

「是的，絕對是的。」

「可是你藉由思考，會有什麼收穫呢？你十分清楚這三件案子的內情。」

「我可不是在思考案情，而是凶手的心理。」

「瘋子的心理！」

「沒錯。因而，在短時間內無法下定論。只要我歸納出凶手像什麼樣子，我就能查出他是誰，我已愈來愈加清楚了。安多弗發生凶案時，我們對凶手有何了解呢？我們幾乎是一無所知。在貝斯希爾凶案之後呢？則多了一點了解。徹斯頓凶案之後呢？又多了一點。我開始看到某種面貌、外形的輪廓，看到一種心理的輪廓。那是一種向某固定方向運作的心理。在下一場凶案之後——」

「白羅！」

我的朋友心平氣和地看著我。

「確是如此，海斯汀，我想幾乎無庸置疑，還會有另一場謀殺。有許多東西依靠運氣。到目前為止，我們這位神祕人物一直很幸運，但這次運氣很可能會與他背道而馳。可是無論如何，在下一場凶案後，我們會大有進展。真相已在迅速揭曉。可以的話，改變一下你的方法、你的品味、你的習慣、你的思維模式，那樣你的心靈就是你行動的表現。是會有混淆的時候，就好像有兩股智力在運作著，但不久，我知道，大體的輪廓就會突顯出來。」

「他是誰呢？」

「不知道，海斯汀，我不知道他的姓名和地址，我知道的是，他是哪一類人……」

「然後呢？」

「Et alors, je vais à la pêche.[26]」

我一臉疑惑，他繼續說道：「你想，海斯汀，一個經驗老到的釣魚者，會知道用什麼釣餌餵給什麼樣的魚。我會對症下藥地投下我的釣餌。」

「然後呢？」

「然後呢？然後呢？你真是與老愛說『哦，是嗎』的克羅姆一樣糟糕。好吧，然後他會吞餌上鉤，我們就收緊線輪……」

「與此同時，四處都有人在死亡。」

「三個人。而每週，大約會有一百零二個人死於——怎麼講，交通事故？」

「那可是完全不同的兩碼事。」

「對死者來說，也許根本就是一樣。對其他人而言，對親戚、對朋友，是的，的確有所不同，可是這件案子至少有件事令我欣喜。」

「那就請你不吝指教，讓我們聽聽有什麼事情可如此欣喜？」

「你這樣的挖苦毫無意義。令我感到欣慰的是，這件案子中，罪惡的陰影並未籠罩在無辜者身上。」

「這難道不是更壞嗎？」

「不，不，絕對不是。沒有什麼要比生活在懷疑的氛圍中更加可怕——看著他們盯視著你，看著他們眼中的愛變成恐懼……沒有什麼要比懷疑身邊親近的人來得可怕。這種懷疑相當惡毒，是種有害的瘴氣。不，至少，ABC沒有毀掉無辜人士的生活，這一點，ABC無可責怪。」

「你接下來就開始要為這個人辯護了。」我挖苦地說。

「為什麼不呢？他可能認為自己是行俠仗義。到最後我們可能會同情他的想法呢。」

「你真是的，白羅！」

「哎呀！我真嚇到你了。先是我的惰性，然後是我的觀點。」

我搖頭，沒有作答。

「好吧，」白羅停了一兩分鐘後說，「我有一個計畫，它必然會使你感到高興，因為它具有行動性又積極。而且這個計畫需要大量的談話，基本上不用思考。」

我不太喜歡他的口氣。

「那是什麼呢？」我疑心地問。

「挖出受害人親友和僕人們知悉的內情，並進行篩選。」

「你是否在懷疑有些事情他們隱而不宣？」

「他們並不是有意這樣做。當你在告知你所知道的每一件事時，往往已不知不覺進行過選擇。如果我要你向我複述一遍你昨天做過的事情，你可能會答覆：『我九點鐘起床，九點

26 法語，意思是「那麼，我就開始釣魚」。

半吃早餐，我吃了雞蛋、燻肉和咖啡，我又去了俱樂部，等等。』你卻沒有說到：『我弄破了指甲而必須剪掉它，我打電話訂購潔面乳，我灑了一點咖啡在桌布上，我刷了帽子並戴上它。』一個人不可能把每件事都講出來，人們會自然篩選。殺人者在殺人時也會對緩急輕重做出選擇，只是他們的想法通常是錯誤的！」

「那怎樣才能獲得正確的訊息呢？」

「正如我剛才所說，只要通過談話就行。盡量聊天！談論某一件發生的事、某個人或某一天，通過反覆談論，意料之外的細節就會呈現出來。」

「什麼樣的細節？」

「我當然不曉得也不知如何去發掘。可是等過了足夠的時間之後，事物便會重新建構它們的價值。在三場謀殺案中，並沒有任何事實或任何說法與案情產生關聯，這實在與邏輯法則大相違背。所以，瑣碎的事件或瑣碎的評論很可能就隱藏著重要關鍵！我想，這好比大海撈針，可是在海水之中確實有針存在，我對此很確信！」

這在我聽來極其含糊不清。

「你還不理解嗎？你的智慧還不如一個當女僕的女孩敏銳。」

他扔給我一封信，信是用一種寄宿學校學生慣用的傾斜手法清晰書寫。

親愛的先生：

希望您原諒我冒昧寫信給您。與謀殺姨媽如出一轍的凶案陸續發生後，我一直在思考。看來我們大家都有相同的處境。我在報上看到那個年輕小姐，我是指在貝斯希爾遇害那位年輕小姐的姐姐。我大著膽子寫信給她，告訴她我正要到倫敦來謀職，並問她我是否可以去為她或她母親做事，因為我認為兩個頭腦會勝過一個頭腦，而且我不要求太多工資，我只想找出那個惡魔是誰，如果我們能從已知事實中悟出什麼，可能有助於更進一步釐清案情。

那位年輕女士回信寫得極友好，並說她在一家公司工作，平時住在一間旅館，她建議我寫信給您。她還說，她也在思考一些與我相同的問題。她說我們身處於同樣的困境之中，應該站在同一個陣線。所以我寫信給您，告訴您我來到倫敦，這兒有我的地址。

希望我沒有麻煩您。

尊敬您的瑪麗．卓爾

「瑪麗．卓爾，」白羅說，「是個非常精明的女孩。」

他撿起另外一封信。

「讀這封吧。」

這是富蘭克林．克拉克的來信，信中說他也來到倫敦，如果沒什麼不方便的話，會在第二天拜訪白羅。

「別絕望，我的朋友，」白羅說，「行動就要開始了。」

18 白羅發表看法

富蘭克林·克拉克第二天下午三點到達，他絲毫沒有旁敲側擊，談話直入主題。

「白羅先生，」他說，「我很不滿意。」

「是嗎，克拉克先生？」

「我絕不懷疑克羅姆是個很有效率的官員，可是，坦白說，他令我厭煩透了。那種自以為是的態度！當你朋友還在徹斯頓時，我就向他暗示了我的某些想法。可是我得把哥哥的事務都處理好，所以直到現在才有空閒。白羅先生，我們應該即起即行——」

「海斯汀一直就是這麼說的！」

「那就趕快進行吧。我們該著手應付下一場罪案了。」

「你認為會有下一次謀殺？」

「難道你不這麼認為嗎？」

「當然不是。」

「那麼好，我這就去動員。」

「能否詳細告訴我你的想法？」

「白羅先生，我提議建立一個特殊的行動團體，是由那些遇害人的朋友和親戚組成，聽從你的命令行事。」

「Une bonne i'dee.[27]」

「我很高興你表示同意。通過群策群力，我們才可能掌握些什麼。而且，當下次警告來臨的時候，只要趕赴案發地點，我們其中一人——我沒說一定沒問題——或許可以認出曾在上次案發現場附近出現的人。」

「我理解你的想法，而且我也贊同，可是你必須記住，克拉克先生，其他遇害人的親戚朋友和您不屬同一個生活圈，他們都有工作，儘管他們可能有一個短暫的假期——」

富蘭克林．克拉克打斷他的話。

「那就這麼辦，由我一人負擔費用。這倒並不是因為我格外富有，而是我哥哥去世時財產頗豐，這些最終歸屬於我。如我所言，我提議成立一個特別團體，裡面的成員可以獲得與

27 法語，意思是「這是個好主意」。

平日工資同等的報酬，當然，還有額外的費用。」

「你認為該由誰組成這個團體呢？」

「我已開始籌辦此事。我寫信給梅根·巴納德——實際上，這有一部分是她的主意。我建議成員包括我自己、巴納德小姐、與那位遇害小姐訂過婚的唐納德·弗雷澤先生，還有一位是安多弗被害人的外甥女——巴納德小姐知道她的地址。我不認為那個丈夫對我們會有什麼用處，聽說他經常喝醉；而我認為巴納德夫婦——死者的父親和母親——參加這樣的行動可能年事嫌高。」

「就沒有別人了嗎？」

「嗯，還有格雷小姐。」

當他說出這個名字時，臉上微微泛紅。

「哦，格雷小姐嗎？」

這世上再沒人能比白羅更完美地把這點微弱的諷刺融入話中。富蘭克林·克拉克彷彿一下年輕了三十五歲，他看上去像是個害羞的小男生。

「是的。你知道，格雷小姐跟我哥哥做事已有兩年多了，她熟悉鄉野村郊的人們和一切事物。我自己則是離開了一年半。」

白羅憐憫起他來，於是轉移話題。

「你去了東方？是去中國嗎？」

「是的。我負責巡迴各地，為哥哥採購貨品。」

「那一定有意思極了。好吧，克拉克先生，我很贊同你的主意。我昨天還對海斯汀說，我們需要和相關人士敦睦邦交呢！我們很有必要集中記憶，比較各種說法，然後進行討論、談話，談話，再談話。從某些不加修飾的詞語之中，也許會有足夠啟發的線索出現。」

數天後，這個特別團體在白羅的屋子裡聚會。

他們圍坐著，順從地望著白羅，白羅則像是董事會主席，坐在桌子的一頭。我自己則一一掠視他們每個人，確認和修正著我對他們的第一印象。

那三位小姐全都容貌驚豔——索拉．格雷美麗脫俗；梅根．巴納德黝黑濃烈，臉上帶著一種印第安人的沉穩；瑪麗．卓爾身著整潔的黑色上衣和裙子，漂亮、機敏。在三個男人當中，富蘭克林．克拉克身材高大，銅黑色皮膚，挺健談的；唐納德．弗雷澤則沉默寡言，相當安靜，兩個人之間形成有趣的對比。

白羅當然不肯放過機會地講了一小段話：「女士們，先生們，你們都知道我們在此碰面的原因。警方正在盡力追查罪犯，我呢，則以不同的方式進行調查。在我看來，讓那些與此案具有個人關係的人——也可以說，那些對死者有個人了解的人們——再進行接觸，可能會獲得外在調查所無法獲取的結果。

「在此我們有三樁謀殺案；死者分別是一位老太太，一位年輕小姐，一位老人——只有一件事把他們三個人聯繫在一起，那就是，殺害他們的是同一個人。那也表示，有同一個人曾在三個不同的地點出現，並可能被一大堆人看到過。無需多說，他必定是個有狂躁症且病入膏肓的瘋子。同時很顯然的，從他的外表和行為舉止絕看不出他具有這些症狀。這個人——儘管我說的是『他』，但要記住男人或是女人都有可能——有著惡魔般的瘋狂、狡猾。到目前為止，他成功地掩蓋自己所有的行跡。警方掌握了一些模糊的線索，可是他們還是無法據此採取行動。

「無論如何，一定存在著一些清楚而明確的線索。舉一個特別的比方，那個兇手不可能是在半夜抵達貝斯希爾後，碰巧在海灘上發現一個以B為姓氏開頭的年輕小姐——」

「我們一定得探究那一點嗎？」

是唐納德．弗雷澤在講話，那些話從他口中擠出來，透著內心的苦楚。

「我們有必要對每件事都探究一番，先生。」白羅說，轉身向著他。「你不能為了感情救贖而抵制回顧，我們有必要探究此事，對這些細節重新審視。如我所說，ABC並不是機緣巧合碰到貝蒂．巴納德，他一定經過刻意的挑選，再進行預謀。也就是說，他必然事先對這個地方進行過偵察。他已獲得了一些資訊，譬如在安多弗做案的最佳時間，貝斯希爾的環境，卡邁科．克拉克爵士的習慣。就我來說，我絕不相信會完全沒有——沒有一點細微的線索，可助我們識別他的身分。

「我假設有某個人——或者，也可能是你們每一個人——知道某些他們並不認為自己知道的事。

「由於你們的聯合，遲早會有線索顯露出來，展現出料想不到的特殊意義。這就好比拼圖遊戲，你們每個人可能只是握有毫無意義的小紙塊，可是這些小紙塊重組起來以後，會將整個畫面的特定部分顯現出來。」

「淨會說話！」梅根．巴納德說。

「嗯？」白羅疑問地望著她。

「你剛才說的都只是些空話，完全沒有意義。」她講話的方式十分強烈，我認為這與她的個性有關。

「語言，小姐，是思想的外衣。」

「哦，我倒認為這有道理。」瑪麗．卓爾說，「小姐，我真的這樣認為。當你在談論事物時，可以逐漸把理路弄清楚，這是常有的情形。有時你做出了判斷，但不了解那是如何產生。談話能以某種方式引導出許多事情。」

「人說『多言壞事』，那與我們這裡追求的恰恰相反。」富蘭克林．克拉克說。

「你認為如何，弗雷澤先生？」

「我倒挺懷疑你那些說法的實用性，白羅先生。」

「你怎麼想，索拉？」克拉克問。

「我認為多加討論這種做法頗能奏效。」

「假設，」白羅建議道，「你們已整裡過案發前的回憶。克拉克先生，你先開始吧。」

「讓我想想。卡邁科遇害那天早晨我出海去，捕了八條鯖魚，海灣風景非常怡人，我在家吃午餐，吃的是愛爾蘭燉肉。在吊床上睡午覺，然後喝茶，寫了幾封信，錯過了郵遞時間，便開車去潘頓寄信。然後是吃晚餐，我也沒什麼不好意思說的，我又重新讀了一便E．耐斯比特的書，那本書我在孩提時代就很喜歡。然後電話響了——」

「可以了，克拉克先生。現在回想一下，你那天早晨去海邊的路上碰到什麼人沒有？」

「碰到許多人。」

「你能記得一些事嗎？」

「什麼也不記得了。」

「你確信嗎？」

「嗯，我想想，我記得有個相當胖的女人，她穿著條紋的絲綢外衣，我納悶——哦，她還帶著小孩——為何兩個年輕人帶隻狐狸狗在海灘上扔石頭。哦，是的，那個有黃頭髮的小姐在沐浴時尖叫。真好笑，這些事情是如何回想起來的？簡直像是在沖印照片。」

「你起了個好開頭。那天晚些時候，你在花園，還有去郵局的情況呢？」

「園丁在澆水……去郵局的情形？我幾乎撞上一個騎腳踏車的人，那個笨女人遲疑不決，對著一個朋友大叫。我想，那就是全部了。」

白羅轉向索拉．格雷。

「格雷小姐？」

索拉·格雷用她清晰、生動的聲音回答：「我早上為卡邁科爵士處理郵件，見過管家。下午我想是在……寫信和做針線活。回憶起來挺困難的，那是滿普通的一天，我早早地就上床休息了。」

令我感到驚奇的是，白羅沒有再問。他說：「巴納德小姐，你可以回想起最後一次見你妹妹的情形嗎？」

「那大概是在她死前兩週。我回去過週六、週日。天氣很好，我們去哈斯丁游泳。」

「你們大部分時間都在談些什麼？」

「我給她一些忠告。」梅根說。

「還有什麼別的嗎？她說了些什麼？」

「她說她手頭拮据，因為買了一頂帽子和幾件夏裝。談了一會兒唐的事……她還說不喜歡米莉·希格利，就是那個餐廳裡的女孩。我們又嘲笑了那位開餐廳的梅里恩……我記不起還有些什麼……」

「她沒有提到她可能要與什麼人會面？請原諒，弗雷澤先生。」

「她不會對我說的。」梅根沒好氣地說。

白羅轉向那個一頭紅髮、下頷方正的年輕人。

「弗雷澤先生，我希望你能暫時回到過去。你說過，發生命案那天晚上你曾去過餐廳。你的主要目的是在那兒等待，好看著貝蒂·巴納德出來。你能否想起你等在那裡的時候，注意到誰嗎？」

「前面有許多人在走動，我什麼人都記不得了。」

「對不起，你可不可以努力想一想？人無論腦子裡在想著什麼，眼睛總是在機械性地進行注視——不需用智力，卻相當準確……」

年輕人固執地重複：「我什麼人也不記得了。」

白羅嘆口氣，轉向瑪麗．卓爾。

「我猜你接到過姨媽的信？」

「是的，先生。」

「最後一封信是什麼時候接到的？」

瑪麗思索了一會兒。

「凶案前兩天，先生。」

「信中怎麼說？」

「她說那個老魔鬼不斷地騷擾她，她狠刮他一頓鬍子——抱歉，先生，用詞不雅——氣走了他。她還說希望我星期三過去，那是我的假期。她說我們去拍照，因為我剛好要過生日了，先生。」

想到某事——可能是那未及舉行的生日歡宴——瑪麗的眼中湧出淚花。她哽咽著抽泣，然後又表示歉意。

「請原諒，先生。我也不想如此失態，我知道哭是沒有用的。我只是想起了她，而我很期盼那次聚餐。想起來就令人傷心，先生。」

「我理解你的心情，」富蘭克林．克拉克說，「那些小事情，比如聚會或是一件禮物，常會令人產生各種情緒及聯想。我有一次見到一個婦女被車輾過，她剛買了些新鞋。我看到她躺在那兒，擦破的包裹內露出那些古怪的高跟鞋，使我吃驚的是，它們看上去竟那樣哀婉動人。」

梅根帶著渴切的暖意說：「的確如此，確實如此。貝蒂死後也一樣。媽媽買了些長筒襪想作為禮物——就是出事那天買的。可憐的媽媽，真是身心崩潰了。我看到她在那堆襪子前哭泣。她一直說：『我是為貝蒂買的，我是為貝蒂買的，可她從未穿過……』」

她聲音微微顫抖，身子向前傾斜，直勾勾地看著富蘭克林．克拉克。他們之間有一種陡然產生的憐惜之情，一種患難與共的友誼。

「我能理解，」他說，「我深刻理解，它們已成為難以消受的往事回憶。」

唐納德．弗雷澤不安地挪動身體。

索拉．格雷則轉變話題。

「我們不是要做些計畫嗎，為了即將來臨的事？」她問。

「當然。」富蘭克林．克拉克神色恢復正常，「我想，一待那時刻來臨——那第四封信到來時，我們必須團結起來。在那之前，我們每個人都得去試一試運氣。不知道白羅先生認為有什麼需要重新調查？」

「我倒是可以提些建議。」白羅說。

「好，我來記錄。」他拿出筆記本。「請講，白羅先生。第一——」

「我認為那個女服務生米莉．希格利，可能知道些有用的東西。」

「第一，米莉．希格利。」富蘭克林．克拉克記錄下來。

「我建議採取兩種處理方法。你，巴納德小姐，可以試試我所謂的攻勢調查法。」白羅說。

「我想你認為那符合我的風格吧？」梅根澀澀地說。

「去跟那個女孩吵場架——說你知道她一直很不喜歡你妹妹，而你妹妹也把她的一切告訴你了。如果我預料得沒錯，那將引起一陣反擊。她會告訴你，她對你妹妹的全部看法！如此一來，有用的線索便會出現。」

「第二個方法呢？」

「弗雷澤先生，我是否可以請你向那個小姐表示些興趣？」

「有那必要嗎？」

「不，沒什麼必要，只是一種可以嘗試的調查方法。」

「那就讓我試試身手好嗎？」富蘭克林問道，「我……有過頗多的經驗，白羅先生。讓我想想看，我與這個年輕小姐能做些什麼。」

「你已經有自己的事要做了。」索拉．格雷尖刻地說。

富蘭克林的臉沉下來一點。

「是的，」他說，「我是。」

「不過，我認為目前你還無事可做，」白羅說，「格雷小姐呢，她很適合……」

索拉．格雷打斷了他的話。

「您知道，白羅先生，我已離開了達文郡。」

「噢？我不懂。」

「格雷小姐十分好心地留下來幫我清點物品。」富蘭克林說，「可是她當然比較喜歡在倫敦工作。」

白羅眼光尖銳地從他掃向她。

「克拉克夫人怎麼樣了？」他詢問道。

我欣賞著索拉．格雷微微泛著紅暈的臉頰，幾乎沒聽到克拉克的回答。

「她狀態極差。順便說一句，白羅先生，我在想，您是否能去達文郡一趟，去看看她？我離開之前，她向我表示她想見您。當然，她常常接連幾天都不能見人，不過，您如果願意碰碰運氣——當然，費用由我支付。」

「當然願意，克拉克先生。就後天去，如何？」

「好，我會通知護士，她會把藥準備好。」

「至於你，我的孩子，」白羅說，轉向瑪麗。「我想你可能在安多弗可以有點成績。接觸一下小孩子。」

「小孩子？」

「是的。小孩子不太樂意與外人交談，可是你姨媽的街坊鄰居都認得你。那裡有許多孩子在玩耍，他們可能注意到誰出入過你姨媽的商店。」

「那格雷小姐和我要幹什麼呢？」克拉克問，「如果我不去貝斯希爾的話。」

「白羅先生，」索拉．格雷說，「第三封信上的郵戳是什麼地方蓋的？」

「普特尼，小姐。」

她想了想說：「SW十五區，普特尼，就是那兒，不是嗎？」

「說來奇怪，這次報紙上居然印對了。」

「那似乎顯示ABC是倫敦人。」

「表面上看來，是的。」

「我們應該引他出洞，」克拉克說，「白羅先生，我去刊登一則廣告如何？內容如下：『ABC，急告，強大氣壓。你的行跡已被密切追蹤，給一百鎊讓我閉嘴。XYZ』。這樣做的確十分莽撞，但是，可能會引他出洞。」

「這倒是有可能，沒錯。」

「可能會誘使他襲擊我。」

「我認為這很危險，也很愚蠢。」索拉．格雷尖聲說。

「您認為如何，白羅先生？」

「試一下也無妨，我認為ABC太過狡猾，不會回應。」白羅微笑。「我覺得，克拉克先生，你其實——如果我這樣說並未冒犯的話——本質上還是個孩子。」

富蘭克林．克拉克看起來有點窘迫。

「噢，」他說，趕緊查閱筆記本。「我們有個開始了。事項一，巴納德小姐對米莉．希格利。事項二，弗雷澤先生對希格利小姐。事項三，安多弗的孩子們。事項四，廣告。我並不覺得這會有什麼成效，但在等待的過程中總得找些事做。」

他站起身來。幾分鐘後會議散去。

19 取道瑞典

白羅回到座位上坐下，嘴裡哼著小調。

「很遺憾，她太聰明了。」他小聲說。

「誰？」

「梅根．巴納德，梅根小姐。她那樣衝口而出，即刻便發現我的話毫無意義，而其他人則輕信了。」

「我認為那聽起來滿像回事。」

「滿像回事，是的，那正是她所覺察到的。」

「難道當時你是說著玩的？」

「我要說的話，本可用一句話就讓人理解，而我卻反覆解說，只有梅根小姐意識到這個事實。」

「可是為什麼要這樣做呢？」

「嗯，是為了讓行動繼續下去！要讓每個人都認為還有事情要做！或者應該說，讓大家開始談話！」

「你不認為這些組合會引發某些效應嗎？」

「哦，什麼事都有可能。」

他暗自竊喜。

「在悲劇當中，我們即將展開喜劇。是不是這樣？」

「你是什麼意思？」

「是齣人的戲劇，海斯汀！你試想，這兒有三組人物，被一個共同的悲劇召集在一起。旋即，第二個戲劇又將開場——tout á fait á part[28]。你是否記得我在英格蘭的第一件案子？哦，那已經是多年前的事了。我把兩個相愛的人湊在一起，採用的是一種簡單的方法——以謀殺罪逮捕其中一個人。沒有比這更奏效的方法了。即便有死亡陰影環伺著，我們仍生活於人世呀，海斯汀……我已注意到，謀殺案是個極佳的媒人。」

「你真是的，白羅，」我憤慨叫道，「我相信他們沒有一個人會想到——」

28 法語，意思是「完全是不相干的事」。

「哦！我親愛的朋友，你自己又如何呢？」

「我？」

「沒錯，他們離開後，你從門邊回來的時候，難道沒有哼著小調？」

「我又不是個老古板，這麼做算很平常吧。」

「當然，可是那曲小調向我透露了你的想法。」

「是嗎？」

「是的，哼哼小調是極度危險的，這表明了潛意識中的想法。我想，你哼的曲調可以追溯到戰爭的年代。聽好了——」

白羅用一種令人生厭的假聲唱道：

曾幾何時我曾深愛過褐髮麗人，
曾幾何時我曾深愛過金髮麗人，
她來自伊甸，取道瑞典。

「還有什麼更能明示心跡呢？Mais je crois que la blonde l'emporte sur la brunette[29]！」

「你真是的，白羅。」我叫道，臉色微紅。

「事實如此啊。你有沒有發現，富蘭克林・克拉克突然與梅根小姐立場一致並同情起她來？他如何斜靠向前盯著她看？你是否還注意到索拉．格雷小姐對此深感懊惱？而唐納德．弗雷澤先生，他——」

「白羅，」我說，「你真是濫情得無可救藥！」

「那是我心中最缺乏的東西。你才是那個濫情的人，海斯汀。」

我正想就這一論點激烈辯駁一番，此時門打開了。

進來的人是索拉．格雷，這令我感到驚訝。

「請原諒我又回來。」她鎮靜自若地說，「可是有些事我應該告訴您，白羅先生。」

「好的，小姐。請坐下，好嗎？」

她坐下來，猶豫了一會兒，像是在選擇措詞。

「是這樣的，白羅先生。克拉克先生剛才極其寬容地使您相信，我是自願離開康比塞的。他是個友善忠實的人，可是事實上，事情不是那樣的。我其實準備要留下來——還有一些與收藏品相關的事情要處理——是克拉克夫人希望我離開！我說這話是有憑據的。她病得很重，腦筋也被他們給她的藥物弄迷糊了。她疑心重重，憑空幻想。她毫無理由地厭惡我，堅持要我離開他們家。」

29　法語，意思是「可是我認為金髮要比褐髮更勝一籌」。

我不得不欽佩這小姐的勇氣。她並未像一般人那樣試圖掩飾真相，而是以一種令人讚賞的直率坦然告白。我內心深處非常佩服和同情她。

「我認為你來告訴我們這件事，非常了不起。」我說。

「說明實情才是對的。」她笑著說，「我並不能利用克拉克先生的體貼逃避此事，他是個很體貼的人。」

她的話語中洋溢著暖意，顯然她極其崇拜富蘭克林．克拉克。

「你非常誠實，小姐。」白羅說。

「這對我來說是個打擊。」索拉懊喪地說，「克拉克夫人竟如此討厭我，我一點也沒想到。事實上，我還以為她挺喜歡我的。」她做了個鬼臉。「人真是活到老，學到老。」

她站起身。

「那就是我想說的。再見。」

我陪她走下樓梯。

「我覺得她挺正大光明。」我回到房間時說，「她真有勇氣，那小姐。」

「也真會算計。」

「你是什麼意思，算計？」

「我的意思是她有預見能力。」

我狐疑地望著他。

「她確實是個可愛的女孩。」我說。

「穿的衣服也很可愛，馬羅坎平縐紗和銀狐衣領。」

「你可以去當女裝設計師了，白羅，我從來不注意人家穿什麼衣服。」

「我看你就去住裸體村好了。」

我義憤填膺，正想反唇相譏，他突然改變話題說：「海斯汀，你知道嗎？我無法擺脫腦中的某種印象，好像是今天下午的談話當中，有人提起一些值得注意的事。但很奇怪，我無法確知那是什麼……只是在腦中閃過的印象……某個我聽過、看過、注意過的東西……」

「是在徹斯頓的什麼事？」

「不，不是在徹斯頓，在那之前……沒關係，不久它就會向我現身……」

他看著我（可能我並沒有十分認真傾聽），大笑起來，再次哼著小調。

「她是個天使，不是嗎？來自伊甸，取道瑞典……」

「白羅，」我說，「去你的！」

20 克拉克夫人

當我們再次回到康比塞時，康比塞的空中瀰漫著濃濃的憂鬱。這有一部分也許是天氣的緣故——那是九月裡潮溼的一天，空氣顯示出已是秋天；另一部分無疑是由於房子幾呈半閉狀態。樓下房間的房門和百葉窗是關著的，我們被帶去的小房間又潮又悶。

一個外表能幹的護士向我們走來，邊走邊放下她那顯得僵硬的袖口。

「白羅先生？我是護士卡普斯蒂，我接到克拉克先生的來信，說您要過來。」她輕快地說道。

白羅問起了克拉克夫人的病情。

「其實一點也不麻煩，各種狀況都考慮好了。」

各種狀況都考慮好了。我猜這指的是，考慮好克拉克夫人臨終前的事宜。

「當然不能期望有太大的改善，但有一種新的治療方法已使她小有好轉。勞根醫生對她的情況很滿意。」

「但是，事實上她永遠不會康復了，對不對？」

「噢，我們從來沒有挑明地說過。」卡普斯蒂答道，她對這直率的說法感到有點震驚。

「我想她丈夫的死對她是個可怕的打擊吧？」

「嗯，白羅先生，若您能理解，我得說，其實對她這般病情的人，那實在談不上打擊。克拉克夫人此刻對任何事情的感覺都是模模糊糊的。」

「請原諒我這麼問——他們是不是深深愛著對方？」

「噢，是的，他們是很幸福的一對夫妻。他很為她操心和難受，可憐的男人。你知道，對於一位醫生來說，這就更為難了。他們總不能自欺欺人吧？恐怕剛開始時，這對他的心理造成了嚴重的損傷。」

「剛開始時？之後就不太嚴重了？」

「人總會習慣的，是不是？那時卡邁科爵士開始收藏寶物。培養嗜好對於一個男人來說，是種極大的抒解。他常常參加拍賣會，之後他便會和格雷小姐忙著為收藏品進行編號和安置。」

「噢，是啊，格雷小姐。她離開了，是不是？」

「是的，我為此感到難過，但是當女人心裡不舒坦時，腦袋便會胡思亂想，而且你無法與她們爭辯，這時最好是讓步。格雷小姐對這些事是很了解的。」

「克拉克夫人一直不喜歡她？」

「不，並不是不喜歡。事實上，剛開始的時候，我想克拉克夫人很喜歡她。但我不可以和您在這閒聊了，我的病人會懷疑我們怎麼了。」

她帶我們來到二樓的一個房間。這個房間曾作為臥室，現在已改成一間舒適的客廳。

克拉克夫人坐在一張靠窗的大扶手椅上。她非常瘦削，臉色灰暗和憔悴，看得出她飽受病痛之苦。我注意到她有點神情恍惚，眼睛瞳孔極小。

「這位是您要見的白羅先生。」卡普斯蒂用她高聲歡快的聲音說道。

「噢，是的，白羅先生。」克拉克夫人語聲含糊地說道。

她伸出了手。

「這位是我的朋友海斯汀上尉，克拉克夫人。」

「你好，你好，你們能來真好。」

她方向不明地擺了一下手，我們便坐了下來。沒人說話，相當安靜。克拉克夫人似乎沉浸在夢中。

過了一會兒，她費力地振作起精神。

「是為了卡爾的事，是嗎？關於他的死，噢，是的。」她搖頭嘆息，但依然精神恍惚。

「我們從來沒有想到結果會這樣……我非常確信我應該先他而去……」她深思了一兩分鐘，

「卡爾非常結實，就他的年齡而言，他的身體非常好，他從來不生病。他將近六十了，可看起來像是五十……是的，非常結實……」

她再一次沉入夢中。白羅很清楚某些藥物的作用，以及它們如何使服藥者產生時間無限的感覺。他沒說什麼。

克拉克夫人突然說道：「是的，你們來了很好。我告訴過富蘭克林要你們來，他說他不會忘記的。我希望富蘭克林不會變傻了……他很容易上當，儘管他曾經到過世界各地。男人都是這樣……他們還是孩子……富蘭克林尤其是這樣。」

「他性格比較衝動。」白羅說。

「是的，是的……而且有情有義。男人這點就不夠聰明，即便連卡爾——」她的聲音漸漸變細，不耐煩地搖著頭。「每件事都模糊不清……身體有毛病真是麻煩，尤其是當它占了上風的時候，這時一個人不會意識到任何東西，只想著疼痛是否會延緩，其他事情都顯得不重要。」

「克拉克夫人，我知道，這是人一生中的一個悲劇。」

「它讓我變笨了，我甚至記不起我要對你說的話。」

「是不是關於您丈夫的死？」

「卡爾的死？是的，也許……瘋狂又可憐的傢伙，我指的是凶手。如今這世界充斥著噪音，講求速度，人們已經無法忍受這些了。我一直很同情這些精神異常的人，他們的頭腦一定感覺很奇怪。而之後，便被處死？這實在很恐怖，但是除此之外，我們又能怎麼辦呢？殺了人就得……」她搖著頭，顯然有點輕微疼痛。「你們還沒有抓到他嗎？」她問道。

「還沒有。」

「那天他一定在這附近打轉過。」

「克拉克夫人，那時有許多陌生人。那是個假期。」

「是的，我忘了……他們都在沙灘上，並不會到我們這裡來……」

「那一天沒有陌生人來這裡。」

「誰說的？」克拉克夫人突然精神來了。

白羅看起來有點吃驚。

「僕人，」他說道，「還有格雷小姐。」

克拉克夫人咬字清晰地說道：「那女孩是騙子。」

我在椅子上跳了一下。白羅看了我一眼。

克拉克夫人接著說，這一次顯得非常激動。

「我不喜歡她。我從沒有喜歡過她。卡爾當她是稀世珍寶，常說她是個孤兒，在世上孤苦伶仃。當孤兒有什麼不好？有時反而是因禍得福。你要是有一個飯桶父親和一個酗酒的母親，你便可以有抱怨的東西了。說她多有膽量，是個多好的幫手！我敢說她的工作一定做得很好！就不知道她哪來的這麼多膽量！」

「親愛的，別太激動。」卡普斯蒂護士插話道，「我們可不能讓您累著了。」

「不久我就把她趕走了！富蘭克林卻愣頭愣腦地勸我，說她對我會是個安慰。好個安慰！巴不得早點看到她死——我就是這麼說！富蘭克林這個傻瓜！我可不希望他和她攪和在一起。他只是個孩子，還不懂事！『如果這樣你才高興的話，我給她三個月薪水。』我說，『但她必須離開，我不要讓她在這屋裡多待一刻鐘。』生病有一點好處就是，男人不會和你爭吵。他照我的話做，所以她走了，走得像個殉道者，我希望——她也把她的快樂和膽量一同帶走。」

「親愛的，別這樣激動，這對你不好。」

克拉克夫人示意卡普斯蒂護士離開。

「你和其他人一樣，都像傻瓜一樣被她騙了。」

「噢，克拉克夫人，您不該這麼說。我認為格雷小姐是個不錯的女孩，外表如夢似幻，就像小說中的人物。」

「我沒有耐性和你吵這個。」克拉克夫人無力地說。

「嗯，親愛的，她都已經走了，馬上就走了。」

克拉克夫人搖著頭，顯出有些不耐煩，什麼也沒說。

白羅說：「為什麼你說格雷小姐是個騙子？」

「因為她就是。她對你說沒有陌生人到這裡來，是嗎？」

「是的。」

「那很好。我親眼看見——從這扇窗子——她站在前面的台階上，和一個完全不認識的人講話。」

「那是什麼時候？」

「克拉克死的那天早上，大約十一點。」

「那個男的長得什麼樣子？」

「一個很平常的人，沒什麼特別的地方。」

「是個紳士或是生意人？」

「不是生意人。一個穿著破舊的人，我記不清了。」

突然她的臉上顯出一陣痛顫。

「請……你得走了……我有點累……護士！」

我們只好聽話離開。

在回倫敦的路上我對白羅說：「這可不尋常，格雷小姐和一個陌生的男人。」

「你看，海斯汀，正如我說的，總會有事情被查出來。」

「為什麼那個女孩要說謊，說她沒看見任何人？」

「我可以想出七個不同的理由，其中一個尤其簡單。」

「因為疏忽？」我問道。

「是的，也許這得發揮你的聰明才智了。可是我們不必自找麻煩，要回答這個問題，最容易的方法就是去問她本人。」

「可是她也許會再編另一個謊言。」

「那就真的很有趣了，很有啟發性。」

「很難想像她這樣的女孩會和一個瘋子串通一氣。」

「非常正確，所以我不做如是想。」

我想了幾分鐘。

「一個長相不錯的女孩可真不容易過日子。」我最後嘆息道。

「Du tout[30]。甩掉你那個想法。」

「這是事實，」我堅持，「僅僅因為她長相不錯，每個人都看她不順眼。」

「你這是什麼蠢話，我的朋友？在康比塞有誰在對付她？卡邁科爵士？富蘭克林？還是卡普斯蒂護士？」

「好吧，克拉克夫人在欺負她。」

「我的朋友，你對年輕漂亮的女孩真是充滿了愛心。而我，我卻對重病在身的老婦人滿懷同情。也許克拉克夫人的眼光才是清晰的，反而她的丈夫、富蘭克林．克拉克先生、卡普

30 法語，意思是「一點也不」。

斯蒂護士才是瞎子——還有海斯汀上尉。」

「白羅，你對那個女孩懷有敵意。」

出乎我的意料，他的眼睛突然眨了眨。

「也許是看到你又開始意亂情迷，我就忍不住要澆你冷水，海斯汀。你一直是個真正的騎士，總是樂於營救苦難中的女子——漂亮的女子。」

我忍不住笑了。「你真能胡說八道，白羅。」

「唉，人總不能一直悲慘下去。我對悲劇在人類發展的影響愈來愈感興趣。我們共有三齣家庭的戲碼。首先，是安多弗——阿雪爾夫人的悲慘人生，她的努力，她對德國丈夫的支援和對外甥女的愛，這可以單獨寫成一部小說。接著是貝斯希爾，那幸福、與世無爭的雙親以及兩個截然不同的女兒——糊塗的女孩和有著強烈意志的梅根，她富有才智，並執著追求真理。還有另一個人物，那個有強烈自制力的蘇格蘭青年，他多情，富嫉妒心並深深愛著受害的女孩。最後是徹斯頓全家，一個垂死的妻子，以及沉溺於收藏的丈夫，他對體貼幫忙自己的漂亮女孩滿懷溫柔和同情，還有那個弟弟，他充滿活力，魅力四射，詼諧有趣，雲遊四海的閱歷，更讓他散放著迷人的神韻。

「請記住，海斯汀，在正常的情形之下，這三齣獨立的戲不會彼此關聯，它們不會相互影響。然而生活中的變換和重組啊！我永遠臣服於它們的魔力。」

「派汀頓到了。」這是我僅能說的。

我可以感覺到，是揭穿真相的時候了。

當我們回到白港公寓時，有人告訴我們，有位先生正在等白羅。

我猜是富蘭克林，或者是傑派，但發現居然是唐納德．弗雷澤時，令我十分吃驚。

他顯得侷促不安，發音不清的毛病，比以往更明顯。

白羅並沒有急著讓他說出來訪的目的，倒是建議來點三明治和酒。

在三明治和酒拿上來之前，白羅便一個人不停地說話，解釋我們去過哪裡，而且情感誠摯地說起那個病婦。

直到我們吃下三明治又喝完酒後，他才開始問起弗雷澤先生的事。

「弗雷澤先生，你是從貝斯希爾來嗎？」

「是的。」

「在米莉．希格利那裡有什麼進展嗎？」

「米莉．希格利？米莉．希格利？」弗雷澤不解地重複著那個名字。「噢，那個小姐！不，我還沒開始動作，那——」

他停了下來，緊張地絞著雙手。

「我不知道我為什麼到您這裡來。」他突然冒出一句。

「我知道。」白羅說。

「不可能。您怎麼會知道？」

「你來我這裡，是因為你有一件事必須對人說。這樣做就對了，我就是那個合適的人。說吧！」

白羅的自信態度還真起了作用。弗雷澤看著他，露出一種樂意遵從的怪表情。

「您確定？」

「當然，我很確信。」

「白羅先生，您對夢有研究嗎？」

我怎麼也想不到他要說的是這個。白羅卻絲毫沒感到驚訝。

「是的。」他答道，「你一直夢到——」

「是的，我想您會說我夢……夢到那件事是很自然的，可是這並不是一個普通的夢。」

「是嗎？」

「我已經連續三個晚上作這個夢了，先生，我想我快要瘋了……」

「告訴我吧！」

那個男人的臉色蒼白，眼睛圓瞪，事實上，他看起來像是失魂了。

「這些夢都是相同的。我在海灘上尋找著貝蒂，她不見了——只是消失不見，你知道。我得找到她，我得把她的腰帶給她，我手中拿著那條腰帶，然後——」

「嗯？」

「夢境變了……我不再尋找了，她就在我的面前，坐在沙灘上。她沒有看見我走來——

噢，我不能——」

「繼續。」

白羅的聲音權威而堅決。

「我走到她身後，她聽不到我……我把腰帶繞到她的脖子往上一拉……噢，拉……」

他聲音中的那份痛苦掙扎相當可怕，我緊握住椅子的把手……這件事太真實了。

「她窒息了，她死了，我勒死了她……隨後她的頭向後面倒來，我看到她的臉……那是梅根，不是貝蒂！」

他倚靠在椅子上，臉色蒼白，渾身發抖。白羅又倒了一杯酒遞給他。

「這個夢是什麼意思呢，白羅先生？為什麼我會作這個夢？而且是每天晚上……」

「喝掉你的酒吧。」白羅命令道。

那個年輕人喝完酒，然後用較平靜的聲音問道：「那是什麼意思？我……我並沒有殺她，是吧？」

我不知道白羅是怎麼回答的，因為這時候我聽到郵差敲門，便離開房間。

從郵箱中取出的東西，使我對弗雷澤的怪夢完全沒了興趣。

我跑回客廳。

「白羅，」我叫道，「來了，第四封信。」

他跳起來，從我的手中抓過信，拿出他的裁紙刀打開信。他把那封信攤開在桌上。

我們三個人一起看信。

還是沒有成功？唔！唔！您和警察到底在做什麼呀？哎，哎，這豈不太可笑了？親愛的，我們的下一站是哪裡？可憐的白羅，我真是為你難過。

起頭沒有成功，就再嘗試、嘗試、嘗試。

我們依然還有很長的路要走。

蒂帕雷里（Tipperary）？不，那還早著呢，那是字母T。

下一次的小意外將於九月十一日發生在唐克斯特（Doncaster）。

再見。

ABC

21 對凶手的描述

就是在此時此刻，我想，白羅所謂的人性因素再度淡漠起來。在此之前，彷彿是由於人的心志無法經受真正的恐怖，我們因而獲得一段輕鬆正常的時間。

我們每個人都感覺到，在第四封信還未來臨告示D謀殺案的地點之前，任何人都無計可施，那種等待的氣氛使緊張狀態得以緩解下來。

可是現在，眼見那些打字的字跡就在白色的硬紙中發出嘲笑，追捕行動迅即再一次開展起來。

克羅姆警官已從蘇格蘭警場趕來。他人還沒走，富蘭克林・克拉克和梅根・巴納德也來了。那小姐解釋道，她也是剛從貝斯希爾來的。

「我希望能向克拉克先生詢問一些問題。」

她極其迫切地說明、解釋她的行程。我注意到這一事實，但並未放在心上。

我腦中只是塞滿了那封信，腦子裡什麼別的想法都沒有。

我想，見到這個戲碼竟加入了這麼多不同的參與者，克羅姆絲毫不感到高興。他變得極端官腔官調和漠不關心。

「我想把這封信帶走，白羅先生。如果你想要留一份複件……」

「不，不，沒這必要。」

「你有什麼計畫，警官？」克拉克問。

「有相當全面的計畫，克拉克先生。」

「這次我們一定要抓住他，」克拉克說，「我可以告訴你，警官，我們已組成了自己的團體來對付此事，這是個各關係人參加的團體。」

克羅姆警官以他最禮貌的方式說了句：「哦，是嗎？」

「我猜，你不太瞧得起我們這些業餘人士吧，警官？」

「你並沒有可以指揮的資源，不是嗎，克拉克先生？」

「我們自有打算，那應該會有些效果的。」

「哦，是嗎？」

「我想你的這次任務不會太輕鬆的，警官。實際上，我還是認為那個老練的ABC會再次算計你。」

我注意到，每當招架不住的時候，克羅姆就會慷慨激昂起來。

「我想，這一次民眾對我們的布局不會有太多批評，」他說，「那傻瓜已經給了我們充分的警告。下週三才是十一日，所以我們有足夠時間在新聞媒體上公開呼籲。唐克斯特會進行全面的警戒，每個以D為姓氏開頭的人都要加強戒備，那是最有效的方法。另外，我們將大規模派遣警力進駐鎮內，全國的警察局長均已同意進行安排。唐克斯特的全體居民，不管是警察或平民百姓，將全部出動圍捕某個人。只要不出意外，我們應該能抓住他。」

克拉克平靜地說：「看得出，你不是個愛好運動的人，警官。」

克羅姆盯著他。

「你是什麼意思，克拉克先生？」

「我的天啊，你怎會不曉得下週三聖萊傑賽馬會在唐克斯特舉行？」

警官下巴垮了下來。他打出娘胎以來，第一次說不出「哦，是嗎」。這回他說：「沒錯，是的，那使事情變得複雜很多……」

「ABC可不是個笨蛋，儘管他是個瘋子。」

我們靜默了一兩分鐘，衡量形勢。賽馬場上的人群，那些熱情洋溢、愛好體育的英國大眾……麻煩透頂啊！

白羅小聲道：「C'est ingénieux. Tout de même c'est bien imagine, ça[31]。」

31　法語，意思是「太巧妙了，但這還是想像得到」。

「我深信，」克拉克說，「謀殺案將會在賽馬場發生，可能就在馬匹賽跑的時候。」

他那愛好體育的本能帶給他片刻的歡愉……

克羅姆警官站起身來，拿著信件。

「聖萊傑賽馬會是個變數，」他承認道，「真是運氣不佳。」

他離去。我們聽到走道上有喧鬧的聲音。過了一會兒，索拉・格雷走進屋來。

她渴切地說：「警官告訴我有另外一封信。這次凶案地點在哪裡？」

外面正在下著雨。索拉・格雷身穿黑色上衣和裙子，圍著毛皮，金色秀髮上戴著一頂小黑帽。

她衝著富蘭克林・克拉克說話，逕直向他走來，一隻手搭在他的臂上，等待他的回答。

「唐克斯特，在聖萊傑賽馬會那一天。」

我們坐下來進行討論。我們都渴望趕赴犯罪現場，這自不待言，可是賽馬會無疑使我們事先擬定的計畫複雜起來。

一陣沮喪的感覺掃掠我的心頭。無論這六人小組對這件事情有多麼熱中，他們最終又能做些什麼呢？那裡會埋伏著無數的警察，他們將目不轉睛地保持警戒，觀望所有可能的地點。再多六雙眼睛又能如何？

彷彿是在回應我的想法，白羅開口了，那樣子活像是個小學校長或牧師。

「Mes enfants[32]，」他說，「我們不能分散我們的力量。在處理這件事的時候，腦中要有章法。我們必須發掘出真相，我們必須對自己說——對我們當中的每個人說——我知道些兇手的什麼情況呢？因而我們必須建立一個兇手的合成影像。」

「我可是對他一無所知。」索拉．格雷無助地嘆息。

「不，不，小姐，絕非如此。我們每個人都知道他的某些情況——只要我們能了解自己知道些什麼。我相信，只要我們能了解那些情況，真相就會現身。」

克拉克搖搖頭。

「我們一無所知。他是年長還是年輕、白皙還是黝黑呢？我們當中沒有一個人見過他或和他講過話！我們已經把所知的情況回憶一遍又一遍。」

「不是所有的情況！比方說，格雷小姐告訴過我們，在卡邁科．克拉克爵士被謀害的那天，她並沒有看見或是和陌生人講過話。」

索拉．格雷點點頭。

「的確如此。」

「是嗎？克拉克夫人告訴我們，小姐，她曾從窗戶望出去，看見你站在台階上和一個男人講話。」

32 法語，意思是「我的孩子們」。

「她看見我在與一個男人講話？」

那女孩看來真是受到驚嚇了。很顯然，那種真實無偽的表情不可能是假的。

她搖搖頭。

「克拉克夫人一定是搞錯了。我從來沒有——噢！」她突然間吐露出一聲驚呼，一陣緋紅掠過她的臉頰。「我現在想起來了！多愚蠢啊！我全都忘記了，可是這並不重要啊！那只是個推銷襪子的人。你知道，那是個退伍軍人。他們通常非常固執，我必須把他打發走。他來到門口時，我正好經過大廳，他是用喊的而不是按響門鈴，但他是那種毫無惡意的人。我想那就是我會把他忘記的原因。」

白羅前後搖晃著，雙手抱緊頭，激烈地喃喃自語，其他人都一言不發，眼睛望著他看。

「長筒襪，」他低語，「長筒襪，長筒襪，長筒襪……對了，長筒襪，長筒襪……這才是重點，是的。三個月前……那一天……現在，天哪，我知道了！」

他筆直坐著，迫切地注視著我。

「你還記得嗎，海斯汀？我們曾到安多弗那間小店的樓上。在那間臥室的椅子上有一雙絲質長筒襪。我終於知道兩天前是什麼引發了我的注意力。是你，小姐——」他轉向梅根，「你談到你母親感傷而泣，因為她正好在凶殺案那天，為你妹妹買了新的長筒襪……」

他環顧我們所有的人。

「你們明白了嗎？這就是在三次謀殺案中重複出現的元素，那不可能是巧合。在巴納德小姐敘述當時，我就有個感覺，好像她所說的話和某件事情有點雷同。我現在知道是什麼事情了。福勒太太，也就是阿雪爾太太的隔壁鄰居，曾提到『總是有人試圖向你推銷產品』，她也提到過長筒襪。請告訴我，小姐，你母親並不是從商店購買那些襪子，而是從上門推銷的業務員那裡買的，是不是？」

「是的，是的，是這樣的……我現在想起來了。她曾說，她很同情這些到處奔波、爭取訂單的倒楣男人。」

「可是這跟本案有什麼關聯呢？」富蘭克林叫道，「一個上門推銷長筒襪的男人證明不了什麼！」

「我告訴你們，我的朋友們，這不可能是巧合。三件罪案，每一次都有個男人在那兒推銷長筒襪，並窺視那個地方。」

他圍繞著索拉旋步走著。

「A vous la parole[33]！描述一下這個人。」

她茫然地朝著他看。

「我不……我不知如何形……他戴著眼鏡，我想，他穿著寒酸的外套……」

33 法語，意思是「請說吧」。

「Maieux que ça, mademoiselle.[34]」

「他彎腰屈背……我不知道。我幾乎沒有看他，他不是那種會吸引你注意的人……」

白羅語調低沉地說：「你說得對極了，小姐。毫無疑問的，這些凶殺案的全部祕密都要依靠你對凶手的描述了。他就是那個凶手！他不是那種會引起你注意的人！是的，這毫無疑問……你已描述了凶手的樣子！」

34 法語，意思是「太少了，小姐」。

22
（並非海斯汀上尉的親身經歷）

亞歷山大．波拿帕．卡斯特先生靜靜坐著，他的早餐已擱久變涼了，而且仍原封未動。有一張報紙托靠著茶壺，卡斯特先生興致濃厚地閱讀著報紙。

突然間他站起身，前後踱了一會兒步，然後又坐入靠窗的一把椅子中。他把頭埋在雙手之中，發出一聲沉悶的呻吟。

他沒有聽見門打開的聲音。他的房東太太，馬伯里太太，站在門口。

「我在想，卡斯特先生，如果你想好——怎麼啦，是什麼事？你覺得不舒服嗎？」

卡斯特先生從手中抬起頭來。

「沒事，什麼事也沒有，馬伯里太太，我今天早上有點不太舒服。」

馬伯里太太檢查了早餐托盤。

「我明白了。你還沒碰過早餐，是你的頭痛又發作了嗎？」

「不是。不過，也是……我，我只是有點不舒服而已。」

「哦，真替你感到難過。那麼，你今天不會出門吧？」

卡斯特先生突然說：「不，不，我必須出去。是些公事，很重要的事，非常重要。」

他的手不停地顫抖著。看到他如此焦慮不安，馬伯里太太試圖安慰他。

「噢，如果你必須去，那就去吧，這一次是否要遠行？」

「不，我要去……」他猶豫了一兩分鐘。「丘特漢。」

他那副吞吞吐吐的樣子是如此少見，馬伯里太太驚訝地看著他。

「丘特漢是個好地方，」她聊了起來。「有一年我從布里斯托出發去過那裡，那兒的商店真是太好了。」

「我也這麼認為……是的。」

馬伯里太太僵硬地彎下身去——這是由於她的身材極不方便彎腰，她撿起地上那皺巴巴的報紙。

「這幾天淨是那樁謀殺案的報導，」她說著，一邊瞥眼看看標題，隨後把報紙放回桌上，「這案子真像是開膛手傑克的再版。」

卡斯特先生的嘴唇挪了挪，可是並沒有出聲。

「唐克斯特——他要在那兒進行下一場謀殺，」馬伯里太太說。「就在明天！這太使人毛骨悚然了，不是嗎？如果我住在唐克斯特、姓名又是以D字母為開頭，我一定會搭乘頭班車離開，我可不想冒險。卡斯特先生，你以為如何？」

「我沒感覺，馬伯里太太，我什麼感覺也沒有。」

「那兒會有賽馬活動。他一定認為那裡有機可乘。他們說，將會有幾百名警察派往那裡——怎麼啦，卡斯特先生，你看起來挺不對勁的。你最好還是吃點東西，好不好？真的，你今天不該外出。」

卡斯特先生停止顫抖。

「我一定得去，馬伯里太太。我對約會——一直非常守時，得讓人家對你……對你有信心。有任務必須完成時，我一定會全力以赴。這是開展業務的唯一法則。」

「可是你在生病呀！」

「我沒有，馬伯里太太，我只是在操心一些個人的事罷了。我昨晚睡得不好，但真的沒什麼。」

他的態度非常堅決，所以馬伯里太太把早餐收一收，便勉強地離開了房間。

卡斯特先生從床下拉出一只箱子，開始整理行裝。睡衣、海綿袋、備用襯領、皮拖鞋。他隨後打開一個櫃子，從架上取下一打左右的扁平紙盒——這些紙盒約莫有十英寸長七英寸寬——放入箱子內。

他瞥了一眼桌上的鐵路指南，然後離開房間，手中提著箱子。

他在客廳中間放下箱子，戴上帽子，穿好外套。他深深嘆了口氣，嘆氣聲是如此之深，以至於一個正從房間走出來的小姐，在一旁關切地看著他。

「有什麼事嗎，卡斯特先生？」

「沒事，莉莉小姐。」

「可是你在嘆氣。」

卡斯特先生突然說：「你信不信有預兆，莉莉小姐，還是第六感的事？」

「哦，我不知道我信不信，真的……當然，有時候你會覺得諸事不順，有時候則覺得一切如意。」

「的確是這樣。」卡斯特先生說。

他又一次嘆氣。

「好吧，再見，莉莉小姐。再見。在這裡的時候，你對我一直很友好。」

「哦，快別說再見，好像你一走就不回來了似的。」莉莉笑道。

「不，不，當然不會。」

「那就星期五見，」她笑道，「你這次要去哪裡？又去沿岸地區吧。」

「不，不，是丘特漢。」

「哦，那裡是不錯，但沒有托基好。托基那地方一定很好玩，我想明年去度假。還有，當時你一定與那個謀殺案——ＡＢＣ謀殺案的地點離得挺近的。那凶案發生時，你正好在那裡，不是嗎？」

「是的，可是離徹斯頓有六、七英里。」

「不管怎樣，那必定很刺激！你想，你可能在街上與那個凶手擦肩而過呢！你可能曾經非常接近他。」

「是的，當然可能。」

卡斯特先生說著，露出恐怖和扭曲的笑容，莉莉．馬伯里注意到了。

「噢，卡斯特先生，你的臉色很不好。」

「我還好，還好。再見，馬伯里小姐。」

他笨手笨腳地戴上帽子，拿起箱子，相當匆忙地走出前門。

「真是個有意思的老頭子。」莉莉．馬伯里寬容地說，「只是有點怪。」

§

克羅姆警官對他的下屬們說：「給我一份長筒襪生產廠商的名單，並通知他們，我要一份他們所有代理人的名單——還要包括所有收取佣金和拉訂單的推銷人。」

「是為了ABC謀殺案嗎，先生？」

「是的，這是赫丘勒．白羅先生的意見。」警官的語氣輕蔑倨傲。「可能一點用處也沒有，但我們不能忽視任何線索，不管它有多細微。」

「沒錯，先生。白羅先生在他當紅時確實破了不少漂亮的案子，可是我認為現在他已經老朽了，先生。」

「他是個江湖郎中，」克羅姆警官說，「總是裝腔作勢。他騙得了別人，但瞞不過我。現在，關於唐克斯特的安排……」

§

湯姆．哈廷格對莉莉．馬伯里說：「我今天早上見過你們那個老傢伙。」

「誰？卡斯特先生？」

「是卡斯特，在尤斯頓碰到的。他像往常一樣，看上去像隻迷途羔羊。我想這傢伙有點半瘋半癡，他需要人照顧。他先是掉落了報紙，隨後又丟了車票。我撿起車票——他還是一點都不知道自己丟了票。他焦慮不安地向我致謝。可是我覺得他沒認出我來。」

「哦，是呀，」莉莉說，「他只是在客廳中見過你，而且次數不多。」

他們在地板上跳了一圈舞。

「你跳舞的姿勢很美。」湯姆說。

「那就繼續吧。」莉莉說，扭動著更貼近了一點。

他們再次跳舞轉圈。

「你說的是尤斯頓還是派汀頓？」莉莉突然問道，「我的意思是，你在哪裡碰到老卡斯特的？」

「在尤斯頓。」

「你確定嗎？」

「我當然確定。怎麼了？」

「真有趣，我還以為你是打算從派汀頓到丘特漢去呢。」

「原來如此，可是老卡斯特並不是去丘特漢，他是去唐克斯特。」

「是去丘特漢。」

「是唐克斯特。我知道，小姐！而且，我還撿起過他的車票，你忘了？」

「哦，他告訴我要去丘特漢的。我相信他會去的。」

「不，你弄錯了。他正趕往唐克斯特，這一點兒也沒錯。有些人總是運氣很好。我也下了一點賭注，賭那匹『火蠅』。我真想去看賽馬。」

「我可不認為卡斯特先生會去賽馬大會，他看來可不像。哦，湯姆，我希望他不會被謀殺。ABC謀殺案的下一個地點是唐克斯特……」

「卡斯特一定沒事，他的姓名又不是以D開頭。」

「他上次就有可能被殺。上一場謀殺案發生時，他正好在徹斯頓附近的托基。」

「是嗎？那可真有點巧，不是嗎？」他笑道。「他前一次沒在貝斯希爾，是吧？」

莉莉皺皺眉頭。

「他當時出差在外。是的，我記得他出差了，因為他忘了帶浴衣出門。媽媽之前好像在為他縫補那件浴衣，她說：『卡斯特先生昨天出門，忘了帶浴衣。』我說：『哦，別管那件破浴衣吧，發生一件可怕的兇殺案。』我還說，『貝斯希爾有位女孩被人勒喉致死。』」

「哦，如果他原本想帶浴衣，他一定是去了海邊。我說，莉莉——」他的臉因嘻笑而皺起，「賭你那位老伯伯就是兇手，你敢下多少錢？」

「可憐的卡斯特先生？他連隻蒼蠅都不會傷害呢。」莉莉說。

他們快活地繼續跳舞，兩人的心目中只有兩情相悅的快樂。

而在他們的下意識中，有某樣奇怪的感覺正在翻騰……

23 九月十一日，唐克斯特

唐克斯特！

我想，我這輩子都會記得九月十一日那天。

實際上，每當有人提到聖萊傑賽馬會，我的心思便會自然而然地飛向這件謀殺案，而不是賽馬。

當我沉浸於回憶中時，印象最鮮明的總是當時那股令人作嘔的無力感。我們趕赴此地，就在現場，白羅、我自己、克拉克、弗雷澤、梅根・巴納德、索拉・格雷和瑪麗・卓爾。而被迫使出最後手段的我們，又能夠做些什麼呢？

我們懷著孤注一擲的期望，希望有機會從數以千計的人群中認出一張臉或是某個人來，這個人僅僅在一兩個月前被模糊地看到過。

其實仍是有勝算。在我們當中，唯一有可能做出確認的人是索拉・格雷。

在這種壓力下，她失去了一部分的鎮定，平日那種平靜、精明的模樣消失得無影無蹤。她坐在那裡，雙手搓絞在一起，幾乎是嗚咽，且語無倫次地向白羅求助。

「我沒有正眼看過他……我為什麼不看呢？我真是傻啊。你們都在依靠我，你們所有人……而我會使你們失望的。因為即便我再次見到他，也可能認不出他來。我對人的長相總是記不清。」

不管白羅曾對我講過什麼，也無論他曾如何批評過這位小姐，他現在所表現出來的只有「和藹」二字可形容。他的態度極端的友善溫和。倒令我訝異的是，面對心急焦慮的漂亮小姐時，白羅的態度也跟我一樣熱情哩。

他溫柔地拍拍她的肩膀。

「小姑娘，別太歇斯底里，現在可不能那樣子，如果你見到這個人一定會認出他的。」

「你怎麼知道？」

「哦，有許多原因，其中之一，是因為紅能勝過黑。」

「你是什麼意思，白羅？」我叫道。

「我是在講賭桌上的行話。在賭輪盤時，黑色可能會一直運勢不錯，可是最終紅色一定能倒轉過來。這是數學的或然率。」

「你是說，時運會轉變？」

「絕對會，海斯汀，這正是賭徒（或凶手，由於他賭的不是金錢而是性命，我們也只能說，他是個形而上的賭徒）會失去預料能力的時刻。因為他一旦得逞，便相信他能夠繼續贏下去。他手氣很好、口袋鼓鼓時是不會離開賭桌的。在犯罪案件當中，得逞的凶手不會去設想失敗的可能性，他居功自傲！可是我告訴你，我的朋友，無論經過多麼周詳的策畫，若沒有加上運氣，罪行是不可能得逞的。」

「那未必吧？」富蘭克林．克拉克發出抗議。

白羅激動地擺擺手。

「不，不，你可以說，它是一次均等的機會，可是它必定對你有利。想想看，當凶手準備離開阿雪爾太太的小店時，有人很可能正好進去，那人若突然想看看櫃檯後面，就會看到那個死去的婦人。這樣，他不管是馬上逮住凶手，或是向警察描述凶手的模樣，凶手都有可能立刻被逮捕。」

「是的，當然那很可能。」克拉克承認道，「可是現在的情形是，機會已站在凶手這邊。」

「確實如此。凶手往往就是個賭徒，而且就像許多賭徒，他常常不知何時該停下來。每經歷一次犯罪，他對自己的能力會更形高估，從而失之於偏頗。他不會說『我挺聰明，運氣也挺好』，不，他只會說『我挺聰明』！他對自己的才智愈加自信。然後，我的朋友們，小球便旋轉，顏色會翻轉過去，球停在一個新數字上，賭場的莊家便會叫出『Rouge』[35]。」

35　法語，意思是「紅色」。

「你認為這種情況會在本案中出現嗎？」梅根問道，她皺起眉頭。

「遲早會發生！到目前為止，那凶手一直運氣不錯，但運氣遲早會朝向我們這邊轉。我相信運氣已經倒轉！長筒襪的線索就是個開端。現在，每件事都會不利於他，他不再得心應手！他會開始犯下錯誤……」

「我覺得你只是在給大家打氣，」富蘭克林．克拉克說，「我們都需要一點安慰。我從未有過這種麻木、氣餒的感覺。」

「我看我們很難發揮作用。」唐納德．弗雷澤說。

梅根粗聲地說：「別像個失敗主義者，唐。」

瑪麗．卓爾臉有點脹紅，說道：「我要說的是，沒有人能預知未來。那個邪惡的魔鬼就在此地，我們也同樣在這裡。而且畢竟，我們有可能以最荒謬的方式碰到對方。」

我激動地說道：「要是我們能再多使點力該有多好。」

「你必須牢記，海斯汀，警方正在盡可能地部署，也已招募到擁有特殊技能的警員。我們那位克羅姆警官或許很容易發怒，但他仍是個能幹的警官，而警察局長安德森上校則是個很有行動力的人。他們已經採取了所有的措施，在小鎮和賽馬場進行監視與巡邏，到處都埋伏有便衣。還有新聞宣傳攻勢，民眾也得到了全面的警告。」

唐納德．弗雷澤搖頭。

「我想，他是不會下手的，」他一廂情願地說，「那傢伙一定氣瘋了。」

「不幸的是，」克拉克冷冷地說，「他本來就是個瘋子！你認為呢，白羅先生？他會放棄不幹，還是會鋌而走險？」

「依我所見，他那種執迷不悟的意念會使他竭力信守諾言！如果他不動手，就是承認失敗，那是他那種瘋狂的自我主義所不見容的。可以說這也是湯普森醫生的觀點。我們的希望寄於他鋌而走險時一舉逮住他。」

唐納德再次搖搖頭。

「他十分狡詐的。」

白羅瞥了一眼手錶。我們注意到這個暗示。我們得全天謹慎以待，上午盡可能在街道中巡邏，之後則駐守在賽馬場的眾多可能地點。

我說的是「我們」。當然，就我自己而言，這樣的巡邏沒什麼作用，因為我極不情願把眼睛盯向ＡＢＣ。然而，既然巡邏範圍得盡可能涵蓋廣闊的地區，我便提議我還是做一位女士的護衛。

白羅表示同意——而我則擔心他的眨眼之中藏著什麼深意。

女孩們戴上帽子散開去。唐納德·弗雷澤站在窗邊向外張望，一臉茫然。

富蘭克林·克拉克瞥眼看著他，明顯地感到身邊的這個男人心不在焉，聽不進話。他於是降低話音，和白羅攀談起來。

「白羅先生，我知道你去徹斯頓見過我嫂子。她有沒有說過或暗示——我的意思是，她有沒有提起過什麼事？」

他停住口，一副羞慚的樣子。

白羅露出一副毫無所悉的神情，這使我十分疑惑。

「什麼？你嫂子說過、暗示過或是提起過什麼？」

富蘭克林．克拉克臉色漸紅。

「可能你認為這不是討論私人問題的時機——」

「一點也不！」

「我想把事情說清楚。」

「值得嘉獎。」

這一次，我想克拉克對白羅那張溫和的臉孔產生了懷疑，因為它隱藏著某種揶揄。他重重地咳嗽起來。

「我嫂子是個很好的女人，我一直挺喜歡她的，可是她時常生病。久病之人經常使用麻醉品，難免會胡思亂想！」

「噢？」

現在，白羅眨眼的意涵已無可置疑。

但富蘭克林．克拉克專注於自己的談話，並沒有注意到這一點。

「是關於索拉．格雷小姐。」他說。

「哦，你是說格雷小姐？」白羅的口氣中帶著全然的驚訝。

「是的，克拉克夫人腦中有別的想法。你知道，索拉……格雷小姐是個漂亮女孩——」

「可能……是吧。」白羅承認道。

「而女人，即便是最優秀的女人，對其他女人也總是有點敵意的。當然，索拉對我哥哥來說極其重要。他總說她是他見過最好的祕書，他非常喜歡她。但這一切都是光明正大的。我的意思是，索拉不是那種女孩——」

「不是嗎？」白羅附和地說。

「但我嫂子則滿腦子都是——嫉妒，我想。她倒沒有說過什麼。可是自從卡爾死後，只要碰到與格雷小姐有關的問題，夏洛蒂總會發脾氣。當然，這也有部分原因和生病打嗎啡的緣故——卡普斯蒂護士是這樣講的。她說我們不該責怪夏洛蒂會這麼想。」他停頓下來。

「是嗎？」

「我想讓你了解的是，白羅先生，壓根沒什麼事。那僅僅是一個病婦的胡思亂想。請看這裡——」他在口袋中摸索，「這是我在馬來群島的時候，我哥哥寫給我的信。我希望你能讀一下，以便明白他們之間是什麼關係。」

白羅接過信，富蘭克林來到他身邊，用手指著信件，大聲朗讀出信中的部分內容。

——這裡的情形一如既往。夏洛蒂的疼痛狀況已有減緩，我希望可以說是減輕了很多。

你也許記得索拉·格雷？她是個可愛的女孩，對我來說是極大的安慰，遠非我的言語可以表達。她的感受性和興趣是不容懷疑的。她對美好的事物有著一種高雅的品味和鑑賞力，能與我分享對中國藝術的強烈愛好，能找到她確實是我的至幸。就算是女兒也無法像她這般與我投合、親近。她有過一段苦日子，也一直不很快樂，可是我很高興得感覺到，在這裡，她有一種對家庭的鍾愛之情。

「你瞧，」富蘭克林說，「那就是我哥哥對她的感受。他把她看作女兒。而我哥哥一去世，他妻子便把她逐出那幢房子，這令我感覺極不公平！女人真是邪惡，白羅先生。」

「請記住，你嫂子飽受病痛折磨。」

「我知道，我也是那樣告訴自己的。我們不該批評她。但同樣的，我之所以給你看這封信，是不想因為克拉克夫人而使你對索拉產生錯誤的印象。」

白羅把信交還給他。

「我可以向你保證，」他笑著說，「我一向不允許自己以別人的話建立對事對物的錯誤觀感。我有自己的判斷。」

「好，」克拉克說，一面藏好那封信，「我還是很高興給你看了信。小姐們來了，我們最好離開吧。」

正當我們離開房間時，白羅把我叫了回來。

「你真的決定要一起去巡查，海斯汀？」
「哦，是的。我可不願意在這裡無所事事。」
「思維可以像身體一樣行動，海斯汀。」
「哦，你在那方面做得比我好。」我說。
「這當然無庸置疑，海斯汀。你想充當護花使者，我猜得沒錯吧？」
「答對了。」
「那你希望去陪伴哪位小姐呢？」
「哦，哦……呃，還沒有考慮好。」
「巴納德小姐怎麼樣？」
「她是獨立性很強的女孩。」我反對道。
「格雷小姐？」
「哦，她要好一些。」
「我發現，海斯汀，你簡直是在睜眼說瞎話，雖然這不多見！你早已打定主意要與你的金髮天使在一起。」
「噯，你真是的，白羅！」
「我很抱歉得破壞你的計畫，我必須要求你另尋他人予以保護。」
「噢，沒關係。我猜你也看上那個洋娃娃小姐了。」

「你要保護的人是瑪麗·卓爾，而且我要你寸步不離她左右。」

「可是，白羅，這是為什麼？」

「我親愛的老弟，因為她的姓名是以D開頭的，我們不能冒險。」

我領悟了他話語中的含義。起初，我不甚明瞭，可是我隨即理解到，如果ABC極度憎恨白羅，他很可能已對白羅的行動瞭如指掌。在這種情況之下，除掉瑪麗·卓爾對他正是最完美的第四次打擊。

我承諾要忠於自己的職守。

我離屋出門，白羅則留下來，坐在窗邊的椅子裡。在他面前是一個小型賭輪盤。在我出門時，他剛拉動轉輪，旋即便在我身後喊道：「紅色！這可是個好兆頭，海斯汀。時來運轉囉！」

24

（並非海斯汀上尉的親身經歷）

里貝特先生從喉嚨裡發出不耐煩的咕噥聲。此刻，他的鄰座正站起身來，笨拙而又步履蹣跚地經過他面前，還傾斜著身子去取回他掉在前排座位的帽子。

這時，《不識燕雀》正是高潮時刻，這部悲愴美麗的影片明星薈萃、震撼人心，里貝特先生整個星期都在期盼一睹為快。

那個滿頭金髮的女主角是由凱瑟琳．羅亞爾扮演（在里貝特先生心目中，她是全世界最好的女演員），她此時正傾吐出一聲憤怒的吶喊：「絕不。我即將要餓死，可是我絕不會餓死。請記住這句話：燕雀永不墜落——」

里貝特先生重重地搖頭，極其煩躁。這些傢伙！他們為什麼不等到影片結束……偏要在這個扣人心弦的時刻離去。

噢，現在好一些了。那個惱人的男子已走過去，里貝特先生能看到全部的畫面，能看到凱瑟琳．羅亞爾站在紐約的范史奎納大樓的窗邊。

此時此刻，她正要登上火車，她手中抱著孩子……美國那裡的火車真奇怪，一點也不像英國的火車。

啊，又是史蒂夫在山中的小棚屋內……

電影走向充滿感情和半宗教訓誨的結局。

燈光亮起，里貝特先生滿意地舒了一口氣。

他慢慢站起身，微微地擠擠眼睛。

他從不會迅即離開電影院，總要花上一些時間，才能回到平凡的現實中來。

他環顧四周。今天下午自然是人頭寥落，人們都去賽馬場了。里貝特先生不贊成賽馬，也不喜歡玩牌，不嗜菸酒，這使得他有更多精力欣賞電影。

每個人都匆忙地湧向出口，里貝特先生也準備尾隨人流。他座位前面的那個人睡著了——身體陷在座位當中。欣賞《不識燕雀》這樣的電影，居然還會有人睡著！里貝特先生感到憤憤不平。

一位躁怒的男子向這個睡著的人發話，因為他伸出的腿擋住了路。

「請讓一下，先生。」

里貝特先生這時已來到出口處，他回頭張望。

那兒似乎有點騷動。一個劇院警衛……一小群人……可能他前面那個人是醉死過去，而不是睡著了……

他步伐猶豫地踏出門，正是這樣，他錯過了這一天的高潮時刻——這比諾特・哈夫那匹小馬在八十五匹駿馬當中取勝還要令人激動。

那警衛說著：「你沒事吧，先生……他病了……怎麼，有什麼事嗎，先生？」

另外一個人驚呼著抬開那人的手，看到一些紅色、黏稠的汙物。

「是血……」警衛發出一聲沉悶的驚叫。

他看到座位底下黃色物體的一角。

「哎呀！」他說。「那是本ABC！」

25

（並非海斯汀上尉的親身經歷）

卡斯特先生從王室電影院中走出來，抬頭望著天空。

這是個美麗的夜晚，一個真正美麗的夜晚……

他的腦海中閃過布朗寧的一句詩：「上帝在天國之中，世界秩序井然。」

他一直挺喜歡那句話。

只是有時候，他常感到現實並非如此……

他沿著街道邊跑邊笑，一直來到他下榻的黑天鵝旅社。

他繞過一間鋪設地板的內院和車庫，登上樓梯進入房間，這是二樓一間悶熱的房間。

一進入房間，他臉上的笑容頓然褪去。他衣服袖子的腕口有一處汙跡。他摸了一下，是溼溼的紅色血跡……

他把手伸進口袋，拿出一樣東西，是把細長的刀。刀刃上同樣也是黏黏紅紅的……

卡斯特先生沉坐良久。

他雙眼掃視房間，像一頭被擒獲的野獸。

他的舌頭瘋狂地舔著嘴唇……

「那不是我的錯。」卡斯特先生說。

彷彿他正在和人爭吵，就像是學生在和校長爭辯一般。

他又伸出舌頭舔舔嘴唇。

他再一次撫摩衣服上的袖口。

他的眼睛環視房間，最後停在那個臉盆上。

一分鐘後，他從老式水壺中倒水進盆裡。他脫下衣服，漂洗袖口，小心擠出水來……

啊！水現在變成了紅色……

這時有人敲門。他站在那裡，凍僵了一般，眼睛盯著門看。

門打開了。是位豐滿的年輕女孩，她手中拿著水壺。

「哦，對不起，先生。您的熱水，先生。」

他試圖開口說話。「謝謝……我已用冷水洗……」

他那樣說是什麼意思？她的眼睛立刻望向水盆。

他慌亂地說：「我，我割傷了手……」

然後是一陣停頓，是的，好長好長一陣停頓。隨後她說：「好的，先生。」

她走出房間，把門關上。

卡斯特先生站在那裡，彷彿變成一塊石頭。

他傾聽著。

終究來了……

有沒有聲音、驚叫、登上樓梯的腳步聲？

除了自己的心跳之外，他什麼也聽不見……

然後，突然間，他從僵化的靜止中跳了起來。

他迅速穿上衣服，踮腳走到門邊，打開房門。那兒除了酒吧傳來的嘰喳聲之外，什麼也沒有。他探步走下樓梯……

依然不見人影，那可真是走運。他在樓梯口停住，現在要去哪裡呢？

最後，他做了決定，迅速地沿著通道走去，穿過通向院子的門，走了出去。有幾名司機在那裡整修汽車，談論著賽馬的勝負。

卡斯特先生匆匆忙忙地穿過院子，來到大街上。

他在第一個街角向右拐，然後向左，再向右……

要冒險去車站嗎？

是的，那兒有人群，特別是有火車——如果運氣站在他這邊的話，那就不會有問題了。

要是運氣站在他這邊的話……

26

（並非海斯汀上尉的親身經歷）

克羅姆警官正在傾聽里貝特先生激動的講述。

「警官，每當我一想到這件事，我的心跳就會停止一下。在整個放映過程中，他必定一直坐在我身旁。」

克羅姆警官對里貝特先生的心跳狀態毫不關心，他說道：「再說清楚一點。影片快結束的時候，那個人離開座位向旁邊的走道走去——」

「那影片是《不識燕雀》，是由凱瑟琳．羅亞爾主演。」里貝特先生自動地小聲嘟囔。

「他經過你面前，步態蹣跚——」

「他是假裝蹣跚，我現在明白了。然後他把身體傾向前面的座位，去撿帽子。他一定是在那時用刀刺向那個可憐的傢伙。」

「你沒聽到什麼聲音？叫喊聲？或是呻吟？」

除了凱瑟琳．羅亞爾那高昂、嘶啞的口白之外，里貝特先生什麼也沒聽見。但他還是生動地杜撰了一聲呻吟。

克羅姆警官表示大致了解，要他繼續講下去。

「然後他就出去——」

「你能描述他的樣子嗎？」

「他是個大個子。至少有六英尺，是個高個子。」

「膚色白皙還是黝黑？」

「我——嘿，我不太能確定。我想他禿頭，是個面目猙獰的傢伙。」

「他不會是瘸腿吧，是嗎？」克羅姆警官問。

「是的，是的，你說對了，我想他是瘸腿。他長得很黑，可能是混血兒。」

「戲院裡的燈光還亮著時，他是否已在座位上了？」

「不，他在影片開始後才進來。」

克羅姆警官點點頭，遞給里貝特先生一張聲明讓他簽字，然後打發他走。

「真是個糟糕透頂的證人。」他悲觀地評論道，「他講的內容都無關緊要。很明顯，我們的凶手長什麼樣，他連最起碼的印象都沒有。我們把戲院的警衛叫來吧。」

那個警衛是個身材挺拔、極具軍人風範的人，走進門來後，便立正站著，眼睛盯著安德森局長。

「詹姆森，讓我們聽聽你的描述吧。」
「是的，先生。電影結束時，先生，有人告訴我有位先生病倒了，那個人坐在低價座位區，癱倒在座位中。我到達時，有些人在周圍站著。那個人看上去挺糟糕的，先生。周圍的一個人把手放在那人的衣服上，抽回之後，引起了我的注意。那是血，先生。很明顯，這個人死了——是被人刺殺的，先生。我怕會破壞程序，便沒有去碰他，只是立即向警方報告有件慘劇發生。」
「很好，詹姆森，你做得非常對。」
「謝謝，先生。」
「在那之前大約五分鐘，你有沒有注意到有名男子離開低價座位區？」
「有好幾個，先生。」
「你能描述一下嗎？」
「恐怕沒辦法，先生。有一位傑弗里．帕內爾先生。有一位年輕人，薩姆．貝克，和他的女伴一起，我並沒有注意到其他的人。」
「真遺憾。可以了，詹姆森。」
「是的，先生。」
戲院警衛敬了個禮，然後離開。
「我們已有驗屍報告。」安德森局長說，「我們最好能和那個發現他的人談一談。」

一個警察進來，敬禮。

「赫丘勒・白羅先生來了，長官，還有另外一位先生。」

克羅姆警官皺眉頭。

「哦，好吧，」他說，「我想，最好還是讓他們進來吧。」

27 唐克斯特謀殺案

由於我是跟在白羅後面進來的，因此只聽到克羅姆警官說的後面那幾個字。

他和警察局長看來有點著急，兩人悶悶不樂。

安德森局長向我們點頭致意。

「很高興你來了，白羅先生。」他很有禮貌地說——我想，他猜我們聽到了克羅姆的話，「你知道，我們又受打擊了。」

「又是一件ABC謀殺案？」

「是的，該死，膽子很大。那傢伙是傾身從死者的背後刺進去的。」

「這一次是刺死的？」

「是的，與他以前的方式稍有不同，不是嗎？打擊頭部、勒喉嚨，現在是用刀。多才多藝的惡魔——什麼？如果你想看的話，這裡有法醫的詳細報告。」

他把一張紙遞給白羅。

「死者兩腳中間的地面上有本ABC。」他補充道。

「死者的身分查明了嗎？」白羅問。

「是的。如果這也算出了口氣的話——ABC這回可出了個差錯。死者名叫厄斯菲爾德（Earsfield），喬治．厄斯菲爾德，職業是理髮師。」

「奇怪了。」白羅評說道。

「可能跳過了一個字母。」局長提醒道。

我的朋友懷疑地搖搖頭。

「我們可以叫下一位證人進來嗎？」克羅姆問道，「他可是急著回家。」

「可以，可以，我們繼續吧。」

一位中年男子被帶了進來，他看來像透了《愛麗絲夢遊奇境》中的青蛙步兵。他極度興奮，聲音激動而刺耳。

「這是我此生最震撼的經歷，」他尖聲叫道，「先生，我的心臟很虛弱，相當虛弱，本來死的可能是我。」

「請問你的姓名？」警官說。

「唐斯（Downes）。羅傑．伊曼紐．唐斯。」

「你的職業？」

「我是海菲爾德男校的校長。」

「現在，唐斯先生，請你用自己的話告訴我們事發經過。」

「先生們，我可以簡要地告訴你們。影片結束時，我從座位上站起來。我左邊的位子是空的，而那位子旁邊的座位上坐著一名男子，顯然是睡著了。因為他的雙腿伸向前面，我無法通過。我請他讓我過去，但他一點反應都沒有。我便……呃，再大聲一點問了一次。他仍然毫無反應，於是我碰了碰他的肩膀，想把他弄醒。他的身子反而又往下滑落一點，我開始意識到他要嘛昏過去，要嘛得重病。我遂大聲喊道：『這位先生病了。請叫警衛來。』警衛來了。當我把手從那人肩上抽回時，發現自己的手上又溼又紅……我可以向你們保證，先生們，這種驚嚇太可怕了！可能發生意外！這些年來，我一直飽受心臟衰弱的折磨。」

安德森局長相當好奇地看著唐斯先生。

「你應該覺得自己是個幸運的人，唐斯先生。」

「是的，先生，我當時連個心悸都沒出現。」

「你沒弄懂我的意思，唐斯先生。你是說，你們中間隔著一個座位？」

「事實上，起先我是坐在那個死者旁邊的座位上——但是我後來挪了個位子，以便坐在一個空座位後面。」

「你與死者的身高、體形差不多，是吧？而且你和他一樣，脖子上也圍著羊毛圍巾？」

「我沒有注意到——」唐斯先生開始僵硬起來。

「讓我告訴你，」安德森局長說，「你幸運在什麼地方。凶手原本是跟著你進去的，但他後來弄錯了，他認錯了後背。如果那把刀子原本不是衝你刺的，唐斯先生，我可以吃了這頂帽子！」

雖然唐斯先生的心臟通過了先前無數次的考驗，可是顯然這次他是無法承受了。他跌落在椅子上，透不過氣來，臉色發紫。

「水，」他說道，「水……」

一杯水遞給了他，他喝完之後，臉色恢復了常態。

「我？」他說，「為什麼是我？」

「看來是這樣的。」克羅姆說，「事實上，這是唯一的解釋。」

「你的意思是說，這個男人，這個……這個魔鬼的化身，這個嗜血的瘋子，一直在跟蹤我，並伺機下手？」

「我想是這樣的。」

「可是老天啊，為什麼會是我？」這義憤填膺的校長說。

克羅姆忍住回以「為什麼不是呢」的衝動，說道：「恐怕，盼望一個瘋子做事說得出理由，是不可能的。」

「上帝保佑我。」唐斯先生說道，泣不成聲。

他站起身來，突然間變得蒼老和虛弱。

「先生們，如果沒有更多的問題要問，我想我該回家了。我感覺有點不舒服。」

「好的，唐斯先生。我派一名警察陪你，以確保你一切平安。」

「哦，不，不，謝謝，不用了。」

「這樣也好。」安德森局長態度暴躁地說。

他的眼睛朝一旁斜視，向警官投以詢問的眼神，後者則微微點了下頭。

唐斯先生搖搖晃晃地走了出去。

「還好他沒有倒下去，」安德森局長說，「他們有好幾個人吧？」

「是的，先生。賴斯警官已進行了安排，那棟房子將受到監視。」

「你認為，」白羅說，「如果ABC發現他搞錯了，他可能會再次下手？」

安德森點點頭。

「這只是種可能，」他說，「ABC看來是個計畫縝密的傢伙。如果事情並未按照他的安排發展，他會懊惱不已。」

白羅若有所思地點點頭。

「真希望有人知道那傢伙的模樣。」安德森局長急躁地說，「我們還在原地摸索。」

「也許會有的。」白羅說。

「你這樣認為嗎？是的，是有可能。該死的，難道每個人頭上都沒長眼睛嗎？」

「得有點耐心。」白羅說。

「你看起來非常有信心，白羅先生。是有什麼原因使你如此樂觀？」

「是的，安德森局長。到目前為止，凶手還沒有犯下錯誤。但他馬上就會有誤失。」

「如果是這樣，你們就要繼續努力。」警察局長擤著鼻子，可是他的話被打斷了。

「先生，黑天鵝旅社的鮑爾先生與一位年輕女士來了。他認為有些線索能幫助我們。」

「帶他們進來吧。帶他們進來吧，任何有幫助的事情我們都得把握。」

黑天鵝旅社的鮑爾先生是個身軀龐大的人，思維緩慢，行動很笨重，散發出一股濃濃的啤酒味。和他一起來的是位豐滿的年輕女士，眼睛大大圓圓的，顯然正處在高度興奮中。

「希望我沒有打擾你們或是浪費你們的寶貴時間。」鮑爾先生嘶啞又遲緩地說，「可是我這位女員工瑪麗，堅持說有些事情得告訴你們，她認為你們應該知道。」

瑪麗半真半假地咯咯笑。

「嘿，小女孩，是什麼事？」安德森說，「你叫什麼名字？」

「瑪麗，瑪麗．斯召德，先生。」

「好吧，瑪麗，請說吧。」

瑪麗的一雙圓眼朝向她的雇主。

「她的工作就是為男士的房間供應熱水。」鮑爾先生替她解圍道，「我們那裡大概住著六位男士，有些人是為賽馬而來，有些則是做生意的。」

「噢，噢。」安德森有點不耐煩了。

「接著說吧，小傢伙。」鮑爾說，「告訴他們事情的經過，別害怕。」

瑪麗屏住呼吸，哼哼嗚嗚地開始她的敘述。

「我敲了門，可是沒有人回答，否則的話，只有當屋內的先生說『進來』時，我才會進去。由於他說了點什麼，我便進房去，他正好在洗手。」

她停頓下來，深深地呼吸。

「請繼續吧，小女孩。」安德森說。

瑪麗的眼睛斜向她的雇主，看到他緩慢的點頭後，彷彿受到鼓勵般又說了起來。

「『先生，您的熱水。』我說，『我敲了門。』可是他說：『哦，我已用冷水洗了。』他這樣說，我自然會看一下水盆。哦，天哪，水全是紅的！」

「紅的？」安德森尖聲叫道。

鮑爾插話道：「她說，那男的脫掉上衣，握著袖子。袖子全溼了，對吧，小傢伙？」

「是的，先生，確實如此。」她接著說，「他的臉看起來很奇怪，非常奇怪，這令我大吃一驚。」

「這是什麼時候的事？」安德森尖聲問。

「大概是五點一刻，我想得起的，就是接近這個時間。」

「那是在三個多小時以前。」安德森厲聲說，「你為何不立即過來？」

「我們並沒有馬上聽到那件事情。」鮑爾說，「直到有消息傳來，說是又發生了一起謀殺案，瑪麗便尖叫起來，說水盆裡可能是血。當我問她是怎麼回事時，她便告訴了我。我不太相信，就上樓去看。這時房間裡已空無一人，我便向人詢問，院子裡的一個司機說，他見過有個男人鬼鬼祟祟地溜走。根據他的描述，就是那個人。所以我便對太太說，最好讓瑪麗去警察局，她不贊同這個意見，瑪麗也不願意，於是我說我陪她一起來。」

克羅姆警官遞給他一張紙。

「請描述一下那個男人長什麼模樣，」他說，「請盡可能快點，不能再浪費時間了。」

「他中等身材，」瑪麗說，「有點駝背，戴眼鏡。」

「他穿什麼衣服？」

「一件黑色上衣，頭戴翹邊帽，看上去很破舊。」

她只能講這麼多了。

克羅姆警官並沒有堅持。過了一會兒，電話線路忙了起來，可是警官和警察局長都不敢過分樂觀。

克羅姆推斷，那個從院子裡跑出去的男子，應該沒有帶提包或是箱子。

「還有機會。」他說。

兩個人被派去黑天鵝旅社。

鮑爾先生滿懷著自豪和驕傲，瑪麗則帶點淚痕，陪同他們回去。

大約十分鐘後，警官回來。

「先生，我把登記本帶來，」他說，「這裡有他的簽名。」

我們擠過去看，字跡很難辨認。

「簽名是 A. B. Case ——或是 Cash？」局長說道。

「ABC。」克羅姆若有所指地說。

「行李怎麼樣？」安德森問。

「有一個大箱子，裡面裝滿了小紙盒。」

「紙盒？裡面是什麼東西？」

「長筒襪，先生，絲質長筒襪。」

克羅姆轉向白羅。

「恭喜你，」他說道，「你的預感很準確。」

28

（並非海斯汀上尉的親身經歷）

克羅姆警官正在他的辦公室裡。

他辦公桌上的電話發出長長的鈴鈴聲，他拿起話筒。

「先生，我是雅各布斯。有個年輕人帶來一個消息，我想你應該聽聽。」

克羅姆嘆了口氣。每天平均有二十個人來，帶著所謂與ＡＢＣ案相關的重要線索。其中有些人是並無惡意的瘋子，有些則是好心人，他們相信自己的資訊是有價值的。雅各布斯警官的任務就是做一個過濾器——擋住那些沒用的東西，將剩下的移交給他的上司。

「很好，雅各布斯，把他帶來吧。」克羅姆說。

幾分鐘後有人敲門，雅各布斯警官出現在門口，帶來一個高大、樣子挺俊的年輕男子。

「先生，這位是湯姆．哈廷格先生。他要告訴我們一些事情，或許會與ＡＢＣ案有關。」

警官很高興地站起身來，同他握手。

「早安，哈廷格先生，請坐。你吸菸嗎？抽根菸吧？」

湯姆．哈廷格很笨拙地坐了下來，敬畏地看著他心目中的「名人」。但眼前這位警官使他有點失望——他看上去只是個很普通的人。

「既然，」克羅姆說，「你認為有些事情與本案相關，那就說吧。」

湯姆緊張地開始說起來。

「當然可能一點用都沒有，那只是我自己的想法，我可能會浪費您的時間。」

克羅姆警官輕輕地嘆了口氣，他又得浪費時間來勸說了！

「我們會做出最正確的判斷。把事情說給我們聽聽吧，哈廷格先生。」

「噢，事情是這樣的。我有個年輕的女朋友，她母親有間房子出租，那房子位於卡登鎮的路上。他們把三樓租給了一個名叫卡斯特的男子，已有一年多時間了。」

「卡斯特，喔？」

「是的，先生。他是個中年人，脾氣溫和，沒什麼個性，有點落魄潦倒，可以這麼說。他是那種連一隻蒼蠅都不會傷害的人。如果不是因為有些事情實在太奇怪了，我是不會覺得不對勁。」

湯姆百般困惑地重複一兩遍，講述了在尤斯頓與卡斯特先生相遇以及他掉落車票的事。

「先生，這怎麼看都很可笑。莉莉——那是我的女朋友，先生，她很肯定他說要去丘特漢，她母親也這麼說。她說她還記得那天上午他說的話。當然，我那時候也沒太注意這些事。

莉莉，我那個年輕女友，說她希望他不會被那個去唐克斯特的傢伙殺害。然後她又說，因為上次那樁謀殺案發生時，他也正好去了徹斯頓。我笑著問她，再上一次他是否在貝斯希爾？她說不知道他去了哪裡，但知道他去了某個海濱。我告訴她，如果他就是ＡＢＣ，那就不妙了，她說他連一隻蒼蠅都不會傷害。而那時候我們只談了這些，但我們不是就此停止不想。至少，我私底下還是覺得有點可疑，先生。我開始懷疑這個卡斯特，我認為，儘管他看上去毫不具威脅，但他或許精神有點反常。」

湯姆嘆了口氣後又接著說。克羅姆現在是全神貫注地聽著。

「唐克斯特謀殺案發生後，先生，所有的報紙都在報導說，希望民眾提供關於A. B. Case或Cash的行蹤，而描述的外表特徵也與他非常吻合。第一天晚上，我去莉莉家，問她卡斯特先生的名字縮寫是什麼。她起先記不起來，可是她母親記起來了。她說一定是ＡＢＣ沒錯。隨後我們便開始回想第一次謀殺案在安多弗發生時，他有沒有外出。哦，先生，您該知道，要回憶起三個月前發生的事可不容易。可是最終我們還是有了答案。六月二十一日馬伯里太太有位兄弟從加拿大來探望她。他好像是突然來的，她想給他準備個床鋪，莉莉便建議，既然卡斯特先生外出，那不如讓舅舅去睡他的床。但馬伯里太太不同意，她認為用房客的房間不太好，她希望自己立場公平。我們算出是那個日子沒錯，因為伯特．史密斯的船就是那天在南漢普敦靠岸的。」

克羅姆警官非常仔細地聽著，不時地記下點什麼。

「講完了？」他問。

「講完了，先生。我希望您不會認為我在無事生非。」湯姆有點臉紅。

「不會的，你來這裡是對的。當然，這個證據並不充分。時間可能是個巧合，而姓名則只是相仿而已。可是這消息值得我和你的卡斯特先生見個面。他現在在家嗎？」

「是的，先生。」

「他什麼時候回來的？」

「唐克斯特謀殺案的當天晚上，先生。」

「回來後他做了什麼？」

「大部分時間都待在房間裡，先生。他看起來非常奇怪，馬伯里太太是那樣說的。他買了許多報紙——很早就出門去買早報，天黑之後又去買晚報。馬伯里太太還說他不時自言自語。她覺得他愈來愈奇怪了。」

「馬伯里太太的家在哪裡？」

湯姆把地址給了他。

「謝謝。我可能今天會到那裡去轉轉。我應該不用提醒你，如果碰到這位卡斯特先生的話，要注意你的態度。」他站起來，握了握手。「你以後或許會很慶幸來了這一趟。再見，哈廷格先生。」

「那麼，先生，」過了一會兒，雅各布斯重新回到房間，他問道，「那就是你要找的人嗎？」

「極有可能。」克羅姆警官說，「如果那小夥子所說的情況屬實，應該就是那個人。我們還沒有找到長筒襪的生產廠商。我們現在已掌握了一些狀況。請你順便把徹斯頓案的卷宗給我。」

他花了一些時間尋找他所要的資料。

「啊，在這裡，在托基警方的供詞記錄中，有一位叫希爾的年輕人說，他在看完電影《不識燕雀》準備離開托基雅典娜戲院時，他看到一個男人行動很古怪，像在對自己說著什麼。希爾聽到他說『這倒是個主意』。《不識燕雀》……就是那部在唐克斯特王室電影院放映的影片？」

「是的，先生。」

「這其中大有蹊蹺。當時並不算什麼，可是下一場謀殺的做案靈感可能是這個當下產生的。我們有希爾的姓名與地址。他對那個男人的描述挺不清楚的，但他和瑪麗．斯召德以及湯姆．哈廷格的敘述相吻合。」

他若有所思地點點頭。

「我們就要散放熱力，發掘真相了。」克羅姆說道——這個說法相當不真切，因為他這人個性頗為冷漠。

「有什麼指示嗎，長官？」

「找兩個人去監視卡登鎮的這個地方，可是我並不想驚動我們的小鳥。我必須和副督察談一談，然後我想該把卡斯特帶到這裡來，問他是否願意陳述他的情況。看起來，他是個很容易受驚嚇的人。」

§

湯姆出來後，莉莉・馬伯里迎了上去，她一直在泰晤士河堤上等著他。

「情況還好吧，湯姆？」

「我見到了克羅姆警官，他是負責這件案子的人。」

「他長什麼樣子？」

「有點安靜和裝腔作勢，不是我想像中的警探。」

「他是特倫查德爵士的新翻版。」莉莉滿懷敬意地說道，「他們那種人大都十足威嚴感的。那麼，他說了些什麼？」

湯姆簡單地把談話內容講述了一遍。

「他們是否真的認為是他？」

「他們認為有可能。不管怎樣，他們會過去問他一兩個問題。」

「可憐的卡斯特先生。」

「最好別說是可憐的卡斯特先生。如果他真是ABC，他已犯下四起可怕的謀殺案。」

莉莉嘆了嘆氣，搖搖頭。

「真是可怕。」莉莉說道。

「好了，現在隨便去吃點午餐吧。想想看，如果我們弄對了的話，搞不好我的名字會在報紙上出現！」

「哦，會嗎，湯姆？」

「當然會有你的名字、馬伯里太太的名字，而且我敢說你的照片也會出現在報上。」

「噢，湯姆。」莉莉心醉神迷地緊緊抓住湯姆的手臂。

「對了，你認為去角落屋餐廳吃午飯怎麼樣？」

莉莉抓得更緊了。

「那我們走吧。」湯姆說。

「好，再等一會兒。我必須去電話亭打個電話。」

「打給誰？」

「我本來要見面的一個女孩子。」

她穿過馬路，三分鐘後又回到他的身邊，看起來滿臉通紅。

「那麼走吧，湯姆。」她的手臂挽住他。「再給我講講蘇格蘭警場的事。你去那裡有沒有見到另外一個人？」

「哪一個？」

「那個比利時先生，ABC寫信的對象。」

「沒有，他沒在那裡。」

「那麼，把全部情況都講給我聽吧。你進去的時候有沒有發生什麼事？你跟誰說了話，怎麼說的？」

§

卡斯特先生輕輕將話筒放回電話架上。

他回到房門口，馬伯里太太站在那裡，滿心好奇。

「你不常有電話來吧，卡斯特先生？」

「哦，是的，馬伯里太太，不常有。」

「不是什麼壞消息吧，我想。」

「不，不。」

這個婦人真頑固。他的眼睛盯著自己手中的報紙。

出生——結婚——死亡……

「我妹妹剛生了個男孩。」他突然脫口而出。

他，可沒有什麼妹妹啊。

「哦，天哪！噢，太好了。（「這些年來從未聽他說過有一個妹妹，」她心裡這麼想。「那可不像是男人的行為。」）我可以告訴你，當那個女士說要找卡斯特先生講話時，我非常驚訝。起先我還以為是莉莉的聲音。那有點像她的聲音，但有點——更要傲慢些，如果你明白我的意思的話，那種聲音比較尖。卡斯特先生，恭喜你。是第一個孩子嗎？或者你還有其他的小外甥或外甥女？」

「就這一個，」卡斯特先生說道，「我只有這麼一個，我想我該馬上走。他們，他們希望我過去，我……我想如果動作快點的話，還可以趕上一班火車。」

「你會離開很長時間嗎，卡斯特先生？」當他匆忙上樓時，馬伯里太太問道。

「哦，不會，兩到三天，就這麼長。」

他走進臥室。馬伯里太太回到廚房，滿心感動地想著「那個可愛的小男孩」。

她的良心使她突然間感到內疚。

就在昨天晚上，湯姆和莉莉還在回頭核對那些日子！就因為他的名字縮寫和一些巧合，他們試圖弄清楚卡斯特是不是那個可怕的怪物ABC。

「我不認為他們是當真的。」她寬慰地說，「現在，我希望他們會感到慚愧。」

在某種連她自己也解釋不清的情形之下，卡斯特先生說他妹妹有個孩子的事，已經很有效地消除馬伯里太太對這位房客的懷疑。

「我希望她沒有吃太多苦頭，可憐的女孩。」

馬伯里太太想著，在她的臉頰上試了試熨斗的底部，然後開始熨燙莉莉的絲綢套裙。她的思緒快樂的飛回許久前的某段產育時期。

卡斯特先生輕輕下了樓，手裡拎著提包，雙眼朝著電話機盯了一會兒。

剛才那簡短的談話又在他腦中回響。

「是你嗎，卡斯特先生？我想告訴你，有位蘇格蘭警場的警官想來見你……」

他說了些什麼？他記不清了。

「謝謝，謝謝，親愛的……你真好……」

似乎就是這些話。

她為什麼給他打電話？她是不是已經猜到？或只想確定他會留下來等候那個警官？

可是她怎麼會知道那警官要來呢？

還有她的聲音，她偽裝的聲音連她母親都聽不出來。

看起來，看起來，好像她知道……

可是如果她真的知道，就不會……

無論如何，她可能已經知道。女人都是非常奇怪的，無來由的殘忍和無來由的心軟。他曾看到莉莉把一隻老鼠從老鼠夾中放跑。

善良的女孩……

善良、美麗的女孩……

他在掛有雨傘和上衣的架子旁停下。

他該怎麼做？

從廚房傳來的聲響使他做出決定……

不，沒有時間了。

馬伯里太太可能會出來……

他打開前門，穿過去，又關上門。

要去哪裡呢？

29 在蘇格蘭警場

又是會議。

會議的參加人員包括副廳長、克羅姆警官、白羅和我自己。

副廳長正說著：「白羅先生，你們在調查長筒襪的銷售網方面，做得很好。」

白羅攤開雙手。

「這說明那個男子並不是個固定的經銷商，他向外推銷卻不招攬訂單。」

「都去查清楚了嗎，警官？」

「是的，長官。」克羅姆警官察看著一份卷宗。「我可以概括說明一下目前的進展嗎？」

「是的，請吧。」

「我已經檢查過徹斯頓、潘頓和托基，獲得一張他推銷對象的名單。我必須指出，他做得相當周密。他住在皮特，那是托雷車站旁的一間小旅社。罪犯當晚是十點三十分返回旅社的，可能是從徹斯頓搭乘九點五十七分的火車，於十點二十分抵達托雷。在火車上和車站裡沒人注意到他那種模樣的人。可是那個星期五有達特茅斯賽艇會，從金斯威爾返回的列車坐得相當滿。

「貝斯希爾的情況也大致相同。他用自己的名字住在環球旅社，向巴納德太太和黃貓餐廳在內的十幾個地方推銷襪子。他夜裡早早地離開旅社，第二天早上約十一點三十分返回倫敦。至於在安多弗，也是相同的模式。他住在菲瑟斯酒店，向阿雪爾太太的鄰居福勒太太和那條街上的好幾個人出售襪子。我從阿雪爾太太的外甥女（卓爾小姐）那裡拿到那雙襪子，那與他在徹斯頓賣出的一樣。」

「好。」副廳長說道。

「根據我們得到的消息，」警官說，「我去了哈廷格先生說的那戶人家，可是卡斯特先生已在大約半個小時之前離開。我被告知，他接到一通電話——這樣的事情是有始以來第一次發生，是他的房東告訴我的。」

「是同謀嗎？」副廳長提醒道。

「不太像。」白羅說，「這很奇怪，除非——」

當他停下來時，我們都好奇地望著他。他搖搖頭。

而警官接著說：「我仔細檢查他住的房間後，事情便明朗起來。我發現了一批便箋紙，這些紙和ＡＢＣ寫信用的紙相同；有大量的襪子，藏在櫃子背後；還有相同形狀、大小的一包東西，裡面裝的可不是襪子——而是八本新的ＡＢＣ鐵路指南。」

「這足以證明了。」副廳長說。

「我還發現其他物品，」警官說，他的聲音突然變得得意洋洋，頗有人味。「是在今天早上發現的，長官，還沒來得及彙報。他的房間裡沒有刀——」

「如果把刀帶回家裡，那是低能兒的行為。」白羅說道。

「畢竟他不是個正常的人。」警官評論道，「不管怎樣，我猜他有可能把刀子帶回家，然後想到把刀藏在房間裡很危險——正如白羅先生說的——於是尋找其他地方藏起。他會選擇什麼地方來藏刀呢？我一下子就找到了：門廳的衣帽架，沒有人動過衣帽架。我費了好大勁才將衣帽架從牆邊移開——它就在那裡。」

「是刀子嗎？」

「是刀子。毫無疑問，上面還有乾了的血跡。」

「幹得好，克羅姆。」副廳長讚賞道，「現在我們就差一件東西了。」

「是什麼？」

「那個人。」

「我們會抓住他的，長官。別擔心。」警官的語調滿懷信心。

「白羅先生，你認為如何？」

白羅從沉思中驚醒。「請再說一遍。」

「我們正說到，要抓住那個人只是時間問題了。你同意嗎？」

「噢，那個……是的，毫無疑問。」

他的語調是那麼心不在焉，以至於別人都驚訝地看著他。

「你在擔心什麼嗎，白羅先生？」

「有一件事情使我非常擔心，那就是——為什麼？亦即，他的動機。」

「可是，親愛的老兄，那個人瘋了啊！」副廳長不耐煩地說。

「我了解白羅先生的意思。」克羅姆很有禮貌地解圍。「他說得沒錯，這其中必定有令凶手無法自拔的誘因。我想問題的根源來自於強烈的自卑感，也可能同時有被害妄想症，如果是這樣的話，他就可能把它和白羅先生聯繫在一起了，有可能誤認為白羅先生是專門捉他的偵探。」

「嗯，」副廳長說，「你說的是這個年頭的流行術語。在我那個時候，如果一個人瘋了，他就是瘋了，我們並不尋求科學的解釋來緩和其罪行。我想，一個徹頭徹尾現代化的醫生，會建議把ＡＢＣ這樣的人放在療養院中，花四十五天時間告訴他他是個多好的人，然後再把他當作是善良公民放出去。」

白羅笑了，但是他沒有說話。

會議就此散去。

「那麼，」副廳長說，「正如你所說，克羅姆，將他逮住只是時間問題了。」

怕。」

「如果他不是那樣相貌平平，我們老早就逮住他了。我們已經讓太多的無辜百姓擔驚受

「我倒想知道他此刻會在哪裡。」副廳長說。

30
（並非海斯汀上尉的親身經歷）

卡斯特先生站在一家蔬果店旁邊。

他盯著馬路對面。

是的，就是那個地方。

阿雪爾太太。報攤和菸草店……

在那個空空的窗上有個招牌。

「轉讓」。

空空如也……

毫無生氣……

「借過，先生。」

蔬果店的老闆娘要去取些檸檬。

他說了句抱歉的話，站到一邊。

他慢慢地移步，回到大街上……

這很難……非常之難……現在他已身無分文……

一整天都沒有吃任何東西，整個人感覺非常奇怪和輕飄飄的……

他看看一家報攤外的海報。

ABC謀殺案。凶嫌依然在逃。採訪赫丘勒・白羅先生。

卡斯特自言自語地說道：「赫丘勒・白羅，他是否已獲知……」

他繼續往前走。

站在那裡盯著海報看毫無用處。

他想：「我走不了太遠了……」

一腳接著一腳……走路是件多麼奇怪的事情呀……

一腳接著一腳，真是荒謬。

太荒謬了……

但人就是這麼一種荒謬的動物……

而他，亞歷山大・波拿帕・卡斯特尤其荒謬。

他一直如此……

人們總是嘲笑他……

他不能埋怨他們……

要到哪裡去呢？他不知道。他已走到了盡頭。他哪兒也不看，只盯著自己的腳。

腳步搖搖晃晃。

他抬頭向上看。前面是燈，還有文字……

警察局。

「真有意思。」卡斯特先生說，他發出癡笑。

然後他走了進去。進去後，突然地，他身子一晃，向前倒去。

31 赫丘勒．白羅提問

這是十一月的某一天，天氣晴朗。湯普森醫生和傑派探長前來通告白羅關於亞歷山大．波拿帕．卡斯特一案的訴訟結果。

白羅由於支氣管輕微發炎無法參加。幸運的是，他沒有硬要我留下來陪他。

「決定提審，」傑派說，「就是那樣。」

「這不是違反常理嗎？」我問道，「在這個階段進行辯護？我原以為獄中犯人總是要求保留辯護權的。」

「這可是正常程序，」傑派說，「我猜，年輕的盧卡斯認為他可以讓決議胡亂通過。畢竟，他是個裁定員。精神失常是唯一可能的辯護理由。」

白羅聳了聳肩。

「如果是精神失常，就不可能獲判無罪開釋。隨意在押的囚刑不比死刑好到哪裡。」

「我猜想，盧卡斯認為有機會，」傑派說，「因為只要那人在貝斯希爾謀殺案中有確鑿的不在場證明，整個案件就可能大逆轉。我認為他還沒有意識到我們有多麼充分的證據。他是個年輕人，一心想尋求表現。」

白羅轉向湯普森。

「你有什麼看法，醫生？」

「對卡斯特嗎？說真的，我也不知道該說什麼好。他扮演神志清醒的人非常出色；當然，他是個癲癇病人。」

「多麼令人驚奇的結尾啊。」我說道。

「你是指他正好在發病的時候，跌進安多弗的警察局？是的，對這齣戲而言，那倒是個完美的謝幕方式。ABC總是把時間拿捏得恰到好處。」

「他有沒有可能犯了罪卻不清楚自己的罪行？」我問道，「他的否認聽起來挺真實的。」

湯普森醫生笑了笑。

「你不該被那種『我可以向上帝起誓』的表演所矇騙。我認為，卡斯特很清楚自己犯下那些謀殺案。」

「否認的言辭通常都是很激烈的。」克羅姆說。

「回答你的問題，」湯普森繼續說道，「一個癲癇病人處於夢遊狀態時做出事後渾然不覺的事，這是完全有可能的。可是普遍的觀點是，這些行為通常『不會違背此人在清醒狀態下的意願』。」

他繼續討論這個問題，說起 grand mal[36]和 petit mal[37]，使我這個外行人如墜五里霧中。當一個專業人士深入探討他專業方面的問題時，這是常有的情況。

「無論如何，我反對這種理論，亦即認為卡斯特在進行謀殺時不知道自己的行為。如果沒有那些信，你或許還能提出那樣的觀點。那些信件粉碎了這個觀點。它們表明這些罪行是經過預謀和仔細策畫的。」

「可是對於這些信件，我們還無法進行解釋。」白羅說。

「那令你極感興趣？」

「當然，這些信是寫給我的。一談到信件這個問題，卡斯特便堅決閉口不談。除非我能找到他寫信給我的原因，否則我不認為本案已獲得解決。」

「是的，我能夠理解你的觀點。找不出衝著你來的理由？」

「找不出來。」

「我可以提個想法嗎？是你的名字！」

36 法語，意思是「大錯誤」。
37 法語，意思是「小錯誤」。

「我的名字？」

「是的。卡斯特很明顯是背負了兩個極端誇張的教名：亞歷山大和波拿帕，這主要是出於他母親的一時奇想（我毫不懷疑，這其中含有戀母情結），你看出其中含義了嗎？亞歷山大，普遍認為是一位渴望征服世界的人；波拿帕則是偉大的法蘭西國王。他需要一名對手，一個可以說是和他在同一位階的人。所以那就是你了，赫丘勒斯大力士[38]。」

「這番話相當有建設性，醫生。這些話使我產生了一些想法……」

「噢，這只是個假設。好了，我得走了。」

湯普森醫生離去。傑派留了下來。

「他的不在場證明令你有點擔心？」白羅問道。

「稍微有一點。」探長承認道，「你聽著，我可不相信，我認為那不是真的。可是要扳倒它，一定是麻煩不斷。那個叫史全奇的男人頑固得很。」

「跟我講講他的情況。」

「他四十歲左右，是個固執、自信、極有主見的採礦工程師。我認為，應是他堅持現在就得審理他的證詞。他想前去智利，希望手上的事情能趕快辦完。」

「他是我所見過最獨斷的人。」我說。

「他是那種不願意承認自己錯誤的人。」白羅若有所思地說。

「他堅持自己的說法，而且不容他人質問。他極其誠實地發誓說，七月二十四日晚上，在伊斯特本的白十字旅館曾碰到卡斯特。他當時很孤獨，希望找人聊聊天。依我看，卡斯特是個理想的談話對象。他一句話也沒插口！晚餐後，他和卡斯特玩多米諾骨牌。看起來，史全奇是個玩多米諾骨牌的高手，而出乎他意料的是，卡斯特也極具水準。真是奇怪的遊戲，多米諾骨牌，人們都為之著迷，總會連續玩上好幾個小時。很顯然，史全奇和卡斯特也是那樣玩的。卡斯特想去睡覺了，但史全奇不要——他保證他們可以玩到午夜之後。果真如此，他們十二點十分才分手。而如果卡斯特二十五日凌晨零點十分仍在伊斯特本的白十字旅館，他是不可能於午夜到凌晨一點之間，又在貝斯希爾的海灘上勒死貝蒂・巴納德。」

「這個問題顯然難以回答。」白羅想了想說，「確實值得深思。」

「這倒讓克羅姆有的傷腦筋了。」傑派說。

「史全奇這個傢伙非常獨斷嗎？」

「是的，他是個偏執狂，而且很難找出哪裡有漏洞。假設史全奇搞錯了，那個人並不是卡斯特——那他為什麼會說那個人就叫卡斯特呢？旅館登記簿上的簽字確實是他的。你可不能說有共犯，殺人狂是不會有共犯的！那個小姐死亡的時間是不是該推後一點呢？但法醫的證據是很肯定的。而無論如何，要卡斯特從旅館出來，又不被人看見，然後趕到十四英里外

38　白羅的名字「赫丘勒」（Hercule）與希臘神話裡的大力士赫丘勒斯（Hercules）的發音近似。

的貝斯希爾去，是要花些時間的——」

「這確實是個問題，是的。」白羅說。

「當然，嚴格來說，它對本案不會有太大影響。我們已在唐克斯特謀殺案中抓到卡斯特——那件沾有血跡的衣服、那把刀，這沒什麼可狡辯的。沒有任何陪審團會判他無罪。只能說它破壞了一件漂亮的案子。他犯下了唐克斯特謀殺案，他犯下了徹斯頓謀殺案，他犯下安多弗謀殺案。當然，見鬼，他必定也犯下貝斯希爾謀殺案。可是我卻不知道怎麼證明！」

他搖搖頭，站了起來。

「是你的機會了，白羅先生。」他說，「克羅姆現在是一頭霧水。發揮你的長才，讓我們看看他是怎樣辦到的。」

傑派離開了。

「如何，白羅？」我說，「你那些灰色腦細胞能解決這個問題嗎？」

白羅答非所問。

「告訴我，海斯汀，你認為這案子可以收場了嗎？」

「哦，老實說，是的。我們抓到了那個人，我們也有了大部分的證據，現在只需要再做整理即可。」

白羅搖搖頭。

「案子已結束？那個案子！那案子的關鍵就在那個傢伙，海斯汀。除非我們完全了解他，否則案情還是一樣深不可測。我們把他推上被告席可不表示我們已獲得勝利！」

「我們對他已經有許多了解。」

「我們對他還一無所知！我們知道他在哪裡出生，我們知道他參加了戰爭，頭部受了點輕傷，由於癲癇退伍；我們知道他承租馬伯里太太的房子有近兩年時間；我們知道他很安靜和孤僻，是那種沒人會留意的人。我們知道他炮製和執行了一個極其高明的連續謀殺案，我們知道他犯下一些難以置信的錯誤，我們知道他毫無同情心，他做盡傷天害理的事；我們也知道他挺善良的，他不讓別人蒙受不白之冤。如果他想不受干擾地殺人，他何不就讓別人為他揹黑鍋？海斯汀，你難道看不出，這個人是個矛盾的混合體？愚蠢和精明，殘暴和高尚——而這中間一定有什麼決定因素來調和他的雙重人格。」

「當然，如果你把他當做一個心理學研究對象的話。」我說。

「這案子是不是有點別的什麼？我一直在摸索，試圖了解凶手。現在我終於領悟到，海斯汀，我其實一點也不了解他！我對他一無無知。」

「是對權力的欲望——」我說。

「是的，這可以解答許多問題……可是它還是不能令我滿意。有些事情我還想知道，他為什麼要進行謀殺？他為什麼會挑選這些特定的人——」

「是字母順序——」我說道。

「難道貝蒂．巴納德是貝斯希爾唯一以B做姓氏開首的人嗎？貝蒂．巴納德……我有個想法了……應該不會錯，一定是這樣。可是如果是這樣——」

他沉默了一會兒。我不願去打擾他。

事實上，我相信我睡著了。

醒來的時候，我發現白羅的手搭在我的肩上。

「我親愛的海斯汀，」他熱情洋溢地說，「我了不起的天才。」

我被這突來的讚美弄得迷惑不解。

「是真的，」白羅繼續說道，「一向以來，一直以來，你不斷給我幫助，為我帶來好運，你使我受到啟發。」

「我這一次是怎樣啟發你了？」我問。

「我問自己一些問題，然後想起你說過的一句話——一句在明顯事實上閃閃發亮的話。我不是曾經對你說過，你是一個提點關鍵的天才？我對這麼明顯的東西倒是疏忽了。」

「我這句英明的話語是什麼呢？」我問。

「它使每一件物品彷若水晶般晶瑩透明，我找到了所有問題的答案。殺害阿雪爾太太的原因（對的，我很久前曾模糊地感到過），殺害卡邁科．克拉克的原因，殺害巴納德小姐的原因，唐克斯特謀殺案的原因，而最終和最重要的是，找上我赫丘勒．白羅的原因。」

「你是否可以好心解釋一下？」我問。

「現在還不行。首先，我還需要更多資訊。我可以從我們的特別團體那裡獲得。然後，然後，當我獲得某個問題的答案之後，我要和ＡＢＣ會面。我們終於要面對面——ＡＢＣ與赫丘勒．白羅，兩個對手。」

「然後呢？」我問道。

「然後，」白羅說，「我們會談話。我向你保證，海斯汀，對一個想隱藏事實的人來說，沒有什麼比談話對他更危險！一個明智的法國老人曾經告訴過我，談話是阻止思考的一個發明。想要發現他所藏匿的東西，這是一個確實可靠的方法。海斯汀，談話是一個人暴露自己和顯示個性的途徑，他會漸漸露出馬腳。」

「你期望卡斯特會告訴你些什麼？」

赫丘勒．白羅泛起笑意。

「一個謊言，」他說，「而通過謊言，我即將了解真相！」

32 捉住狐狸

在接下來的數日當中，白羅忙碌不堪。他神祕兮兮地外出，少言寡語，眉頭緊鎖，不理睬我的探問、拒絕運用我——按照他自己的說法——我以往所展現的才智。

在那些神祕兮兮的行程中，我並沒有受邀與他同行，這多少令我不滿。

直到週末，他終於宣稱要去貝斯希爾和附近地區走一趟，並建議我與他同往。不用說，我欣然接受。

我發現，我並不是唯一受到邀請的人，我們特別團體的成員都受到了邀請。

他們也像我一樣，被白羅激發了興趣。不過，那天快結束時，我總算有了一個概念，了解白羅在想些什麼。

他首先訪問巴納德先生和太太，從後者那裡獲得準確的描述，知道卡斯特先生是什麼時間來找她的，以及他確實講過哪些話。然後他去卡斯特曾住過的那家旅館，得知了他離開的詳細情況。就此，我可以判斷，他的提問並未獲得新的線索，可是他看來十分滿意。

接著，他又去了海灘——那個發現貝蒂．巴納德屍體的地點。在那裡他轉著圈走了幾分鍾，神情投入地研究那個鵝卵石海灘。我看不出那有什麼道理，因為潮汐每天會把這個地方沖刷兩遍。

然而這次我已明白，白羅的行動通常都是受到一個觀點的驅使，不管這些行動看來多無意義。

隨後，他從海灘步行到最近處的一個停車地點。從那裡，他再次走向一個停放公共汽車的地方，那些汽車是開往伊斯特本的，在離開貝斯希爾以前停在那裡。

最後，他帶著我們全體人員來到黃貓餐廳。在那裡，我們品嘗了不太新鮮的茶水，是由那位直爽的米莉．希格利為我們服務的。

他用一種流暢的高盧式風格對她的腳踝加以讚美。

「英國人的腿總是瘦兮兮的！可是你，小姐，卻有著完美無瑕的雙腿，它姿態優美，它有腳踝。」

米莉．希格利咯咯笑了好一陣子，要他別再說下去了，她深知法國男人那一套。

白羅並未費勁地反駁她錯認他的國籍，他只是令我驚訝甚至是震驚地向她拋媚眼。

「好了，」白羅說，「我在貝斯希爾已經完成了想做的事，現在要去伊斯特本。在那裡還有個小問題，就這樣。你們大家全陪著我也沒什麼必要，回旅館以後我們去喝一杯雞尾酒吧！這種卡頓茶，真是難喝透了。」

就在我們品嘗雞尾酒時，富蘭克林．克拉克好奇地說道：「我想，我們能猜到你在找什麼。你要推翻他的不在場證明。但我不明白你為何會如此高興，你沒有得到任何新證據。」

「是沒有，沒錯。」

「那麼，然後呢？」

「耐心。只要時間足夠的話，一切都會水到渠成。」

「總之，你看來很滿意自己的調查。」

「到目前為止，還沒有什麼能駁倒我的小小靈感，那就是原因所在。」他的臉變得嚴肅認真。「海斯汀有一次告訴我，他在年輕的時候曾玩過一個叫做『真相』的遊戲。在這個遊戲當中，每個人都會輪流被問到三個問題。其中兩個問題必須誠實回答，第三個問題則可以棄而不答。那些問題自然是極難堪的。可是一開頭，每個人就必須發誓，他們會講真話，只能說真話。」

他暫停下來。

「哦？」梅根說。

「是的。我倒是很想玩玩這個遊戲，只是沒必要回答三個問題。一個問題就足夠了。我要問你們每個人一個問題。」

「當然，」克拉克不耐煩地說，「我們會回答的。」

「噢，可是我想要更嚴肅一些。你們能發誓一定講真話嗎？」

他是如此一本正經，以致其他人都感到困惑不解，也開始變得嚴肅起來。他們全照他的要求發誓。

「好，」白羅興致勃勃地說，「我們開始吧！」

「我準備好了。」索拉．格雷說。

「啊，女士優先，但此刻不是講究禮貌的時候。我們還是先從別人開始吧。」

他轉向富蘭克林．克拉克。

「Mon cher M.Clarke[39]，你認為今年的賽馬場上，女士們所戴的帽子看來如何？」

富蘭克林．克拉克眼睛盯著他看。

「這是開玩笑吧？」

「當然不是。」

「這就是你的問題嗎？」

「是的。」

克拉克開始咧開嘴笑。

39 法語，意思是「我親愛的克拉克先生」。

「好，白羅先生，我其實並沒有去賽馬場，可是從我在車裡看到的情形來說，她們所佩戴的帽子，比起平日，是個更大的笑話。」

「是帽子稀奇古怪嗎？」

「挺稀奇古怪的。」

白羅笑著轉向唐納德．弗雷澤。

「今年你是什麼時候休假的，先生？」

這回輪到弗雷澤瞪大了眼睛。

「我的假期？是在八月的頭兩個星期。」

他的臉突然顫動，我想這個問題勾起他對愛人的回憶。

然而，白羅似乎沒太注意他的回答。他轉向索拉．格雷，我聽出他話音微有異常。那聲音變得緊張了一些，他的提問也轉向尖銳和明確。

「小姐，假使克拉克夫人去世，而卡邁科．克拉克爵士向你求婚，你會和他結婚嗎？」

那小姐跳了起來。

「你竟敢問我這樣的問題！這……真是個侮辱！」

「也許吧，可是你發過誓要講真話的。好了，會或不會？」

「卡邁科爵士對我十分關懷，他待我就像女兒。而我對他則——也只是敬愛和感激。」

「對不起，可是，你還是沒有回答『會』或『不會』，小姐。」

她猶豫不決。「我的回答，當然是──不會！」

他沒有再做評論。「謝謝你，小姐。」

他轉向梅根．巴納德，那女孩面色極其蒼白。她深深呼吸，彷彿準備打起精神迎接一場嚴峻的考驗。

白羅的聲音像是鞭子斷裂的聲音：「小姐，你希望我的調查結果會是什麼？你想要知道真相嗎──還是不要？」

她驕傲地把頭往回伸，我非常確定她會怎樣回答。我知道，梅根對於追求真相有一種狂熱的堅持。

她的回答清晰明瞭──使我驚得發呆。

「不要。」

我們全都跳了起來，白羅把身體向前傾，觀察著她的臉。

「梅根小姐，」他說，「除非你能把它說出來，否則你當然不想知道真相。」

他轉身向門口走去，然後，又重新鼓起勇氣，走向瑪麗．卓爾。

「告訴我，**mon enfant**[40]，你有男朋友嗎？」

40　法語，意思是「我的孩子」。

瑪麗一直是憂心忡忡的，聽到問話她似乎十分吃驚，臉一下子就紅了。

「哦，白羅先生，我——我，呃，我不太確定。」

他笑了。

「那麼，好吧，我的孩子。」

他的眼睛環視周遭，在尋找我。

「請過來，海斯汀，我們必須出發去伊斯特本。」

車已經在等候，不久之後我們開車行駛在海邊的馬路上，那條道路經過貝溫西通向伊斯特本。

「我可以問你一些事嗎，白羅？」

「現在還是別問吧。學學我——歸納出自己的結論。」

我陷入沉默之中。

白羅看來對自己很滿意，口裡哼著小調。當我們通過貝溫西，他提議停下來參觀城堡。要走回車子時，我們停下腳步，觀看一群圍成圈圈的孩子。從她們的服飾來看，是些女童子軍，她們正用尖銳刺耳、毫不成調的聲音哼唱著小調。

「她們在唱些什麼，海斯汀？我聽不懂歌詞。」

我仔細聽著，一直到我聽懂幾句歌詞。

捉住狐狸，
把牠關進籠子，
再也不把牠放跑。

「捉住狐狸，把牠關進籠子，再也不把牠放跑。」白羅重複道。

他的臉突然間變得陰鬱和嚴厲。

「真是非常可怕，海斯汀，」他靜默了一分鐘，「你在這裡獵過狐狸嗎？」

「沒有。我沒本錢打獵，而且我也不認為這一帶適合打獵。」

「我是說在英格蘭。這是一項奇怪的運動，在隱蔽的地方伺機埋伏，然後他們會發出呵呵聲，是不是？隨後一場追逐便展開起來，穿過鄉野，翻越籬笆和溝渠，那狐狸快速向前奔跑，有時候則往回跑，而那些狗——」

「那叫做獵狗。」

「獵狗會追蹤牠，最後牠們會抓住牠，狐狸便迅速、恐怖地死去。」

「聽起來或許有些殘忍，事實上——」

「狐狸喜歡這種方式嗎？別笑我蠢，我的朋友。不管怎樣，迅速、悲慘地死去，也要比那些孩子唱的歌詞好。」

「被永久地……關起來……關在籠子裡……不，那種方式不好。」

他搖搖頭，隨後改變了語調，說：「明天，我要去見那個叫卡斯特的傢伙。」他又對司機說：「回倫敦吧。」

「你難道不去伊斯特本了嗎？」我叫道。

「有什麼必要呢？我要知道的都已知道了。」

33
亞歷山大・波拿帕・卡斯特

白羅和那個怪人——亞歷山大・波拿帕・卡斯特進行會面的時候，我並沒有在場。由於白羅與警方的關係，以及本案的特殊情況，他毫不費力便從內政部獲得了許可令。可是那個許可令並沒有把我包括在內。在白羅看來，這次會見必須絕對隱密，亦即只有兩個人面對面地進行。

然而，他還是向我詳述了他們之間發生的事，我深具信心地把它記錄下來，好像我自己也在場一樣。

卡斯特先生看起來像是縮水了。他那躬腰屈背的模樣更加明顯，手指漫無目的地拉扯著衣服。

我猜想，白羅在一段時間內必定沉默不語。

他坐在那裡，看著對面的那個人。

屋子裡的氣氛變得寧靜悠閒，從容安逸，無盡的閒適。

這必然是個戲劇性的時刻——一幕長劇中兩個對手的會面。如果當時身處白羅的位置，我一定會滿懷戲劇性的驚悸。

要不是為人所熟知，白羅看是個平凡普通的人。他正專注於向面前這個人施展影響力。

他最後溫和地開口說：「你知道我是誰嗎？」

這個人搖搖頭。

「不，不，我不能說我知道，除非你是盧卡斯先生的——他們是怎樣稱呼的——隨從。或者你是從梅納德先生那裡來的？」

（梅納德和科爾是辯護律師。）

他的語氣彬彬有禮，可是興致缺缺，看來有些心不在焉。

「我是赫丘勒．白羅……」

白羅溫和地說出這些話，並觀察他的反應。

卡斯特先生稍稍抬起頭來。

「哦，是嗎？」

他說這話就和克羅姆警官一樣順口，只是沒有目空一切的傲慢。

片刻之後，他又重複他的話。

「哦，是嗎？」他說。

這一次他的語調有所不同，帶著醒悟過來的興奮。他抬起頭，看著白羅。

赫丘勒·白羅迎著他那注視的目光，溫雅地點了點頭。

「是的，」他說，「我就是你寫信的對象。」

這種目光的接觸即刻間便告破裂。卡斯特先生低下眼，惱怒、煩躁地說：

「我可從來沒有給你寫過信。那些信不是我寫的，我已經講過許多遍了。」

「我知道，」白羅說，「可是，如果你沒有寫過那些信的話，誰會寫呢？」

「是個敵人，我確定有個敵人。他們全都在對付我，警察，每個人，都在找我麻煩。有個巨大的陰謀。」

白羅並沒有回答。

卡斯特先生說：「每個人都在對付我，一向如此。」

「當你還是小孩子的時候也這樣嗎？」

卡斯特先生看來是在沉思。

「不，不，那時候可不是這樣。我母親很喜歡我，可是她很有野心——太有野心了。那就是她給我取那些荒謬教名的原因。她有些可笑的念頭，認為我會成為什麼大人物。她總是要求我表現自己，她總是談論意志力……她說每個人都可以成為命運的主人……她說我可以完成任何事！」

他沉默了一分鐘。

「當然，她大錯特錯了。我不久便認識了自己。我不是那種昂首前進的人，我不斷地做錯事，像個傻瓜一樣，而且我膽小羞怯，害怕與人打交道。我在學校並不好過——那些男孩子知道我的教名有什麼意涵，他們常常以此取笑我……我在學校裡表現極差，遊戲、功課，每件事都挺差的。」

他搖搖頭。

「還好可憐的母親就這樣去世了。她滿懷失望……即使是我在唸商科學校的時候，我也挺笨的。我學習打字和速記要比別人花更長的時間，然而我感覺不到我的愚笨——如果你能明白我的意思的話。」

他突然懇切地看了對面那個人一眼。

「我明白你的意思。」白羅說，「繼續說吧。」

「就是那種感覺，每個人都認為我愚蠢，這非常令人洩氣。後來在辦公室工作的時候，情形也一樣。」

「在戰爭中也一樣嗎？」白羅催問道。

卡斯特先生的臉突然間亮了起來。

「你知道，」他說，「我喜歡戰爭。在戰爭當中，我第一次感覺到與別人一樣，我們都處在相同的困境當中，我和別人一樣棒。」

他的笑容消失了。

「隨後我的頭部受了傷，非常輕微。可是他們發現我有痙攣現象……當然，我一直都知道，有時我無法確定自己在做什麼。你知道，會有一時的疏忽。當然，有一兩次我跌倒了。我真的以為他們不該因此而控告我。不，我認為那樣不對。」

「然後呢？」白羅問。

「我有一個當職員的機會，當然，那時也可以去做許多賺錢的工作。戰後，我過得還不差，當然，薪水很微薄……我總是錯過提拔的機會，我並沒有進步太多。然後事情開始不順利，確實非常不順利……尤其是當心情消沉的時候。老實告訴你，我幾乎要挺不過去了（而作為一個職員，本該是精力充沛的），直到我得到這份推銷長筒襪的工作，有了一份薪水和佣金！」

白羅溫和地說：「可是你是否清楚，你所說的那家企業否認這個事實？」

卡斯特先生再次激動起來。

「那是因為他們參與了陰謀——他們必定參與了陰謀。」他繼續說，「我有書面的證據，書面證據。我收到他們寫給我的信，指示我要去什麼地方，去見什麼人。」

「那算不上什麼書面證據，那是用打字機打的。」

「一向如此，一個大批發商自然是用打字機寫信。」

「卡斯特先生，你難道不知道打字機是可以識別的？那些信都是用某台打字機打的。」

「你是什麼意思？」

「是用你那台打字機——你房間裡找到的那台。」

「那是我開始工作時，那家公司送來的。」

「是的，不過這些信都是在那之後收到的。所以好像是你自己打了那些信寄給你自己，不是嗎？」

「不，不，這是陷害我的一種伎倆。」他又突然補充道：「除此之外，也可能是用同一種打字機打的。」

「同一種，但不是同一台。」

卡斯特先生堅決地重複說：「這是一個陰謀。」

「那麼，那些在壁櫥裡發現的ＡＢＣ呢？」

「我一點也不知道，我還以為都是些長筒襪呢。」

「在安多弗的客戶名單中，你為什麼會勾選阿雪爾太太的名字呢？」

「因為我決定從她開始推銷，總要有個開始嘛。」

「是的，正確，總要有個開始。」

「我可不是那個意思！」卡斯特先生說，「不是你說的那個意思。」

「可是你知道我是什麼意思嗎？」

卡斯特先生無言以對，他在顫抖。

「我沒有做！」他說，「我完全是無辜的！全都搞錯了。因為，你看那第二場謀殺，貝斯希爾的那次，我當時正在伊斯特本玩多米諾骨牌。你得承認這一點！」

他的語氣洋洋得意。

「是的，」白羅說，他的話語中帶著沉思及技巧，「可是要弄錯一個日子是挺容易的，不是嗎？但如果你是個頑強不屈、積極向上的人，像史全奇一樣，你怎麼可能認為自己會出差錯？你曾說過你羨慕……他就是那種類型的人。或許你簽字的時候，寫下錯誤的日期，而那個旅館櫃檯人員並沒有注意到。」

「那天晚上我在玩多米諾骨牌。」

「你的多米諾骨牌必定玩得很好，我相信。」

卡斯特先生有一點慌張。

「我，我——哦，我相信我是。」

「那是種很有趣的遊戲，是嗎？它有許多技巧？」

「噢，它挺好玩的——很好玩！我們以前住城裡時經常在玩，在午餐時間玩。你會很驚訝，完全不相識的陌生人竟可以聚在一起玩多米諾骨牌。」他咯咯笑了幾下。「記得曾有一個人對我講了一些話，我永遠都不會忘記他——我們只是在一起喝了杯咖啡，聊聊天，便開始玩多米諾骨牌。哦，在隨後的二十分鐘內，我感到我好像認識那個人一輩子了。」

「他對你講了些什麼？」白羅問道。

卡斯特特臉色沉下來。

「他讓我有了一個轉變——邪惡的轉變。他說，你的命運寫在你自己的手中。他給我看了他的手，那些紋路表示他曾有兩次差點溺水死亡，可是他兩次都死裡逃生。隨後，他看了我的手相，告訴我一些可笑的事情。他說我死前會成為英格蘭的名人，說整個國家都會談論我，可是他說，他說……」

卡斯特先生崩潰了，說話支支吾吾。

「如何？」

白羅的瞪視隱含了一種平靜的磁力。卡斯特先生看看他，看看別處，隨後又回來看他，就像是一隻迷惑茫然的兔子。

「他說，他說，看起來好像我會死得很壯烈，他笑著說：『好像你會死在絞刑台上。』隨後他大笑起來，說這只是在開玩笑……」

他突然沉默，眼睛離開白羅的臉，飄來飄去。

「我的頭，我的頭疼得厲害……頭痛真是非常痛苦。所以有的時候我並不知道，並不知道……」

他垮了下來。

「可是你其實知道，是不是？」他說，「是你犯下那些謀殺案的？」

卡斯特先生抬頭看，他的一瞥相當簡單和直接。所有的抗拒都離他而去，他看上去異常平和。

「是的，」他說，「我知道。」

「但——我是對的，不是嗎？你並不知道自己為什麼要去幹那些事？」

卡斯特先生搖搖頭。

「是的，」他說，「我不知道。」

34 白羅分析案情

我們全神貫注地坐著，傾聽白羅對本案的最終分析。

「案發以來，」他說道，「我一直對本案的起因感到困惑。海斯汀有一天對我說，本案已經結束。我回答說，本案的關鍵就是那個傢伙！這個謎團並不在謀殺案本身，而是ＡＢＣ之謎。為什麼他有必要犯下這些謀殺案，又為何要挑選我作為對手？

「不用多說，那個傢伙是精神失常。但如果說一個瘋子做出的事必定荒誕不稽，這是毫不明智和愚蠢的認知。一個瘋子在他的行為之中，就如同正常人一樣，是符合邏輯和富有理智的，他也是依據他那偏執的觀點。比如說，有一個人渾身上下除了一塊遮羞布外什麼也不穿，還要堅持外出，他的行為看起來是怪異透頂。可是你一旦明白，這個人非常強烈地認定自己就是聖雄甘地，那麼他的行為就完全理智並合乎邏輯。

「在本案中，有必要想像一種智慧。這種智慧有足夠的邏輯和理智，以至順利犯下四件或更多的謀殺案，並且敢於事先寫信向赫丘勒・白羅做出聲明。

「我的朋友海斯汀可以告訴你們，在收到第一封信的時候，我確實是挺沮喪的，但在片刻之間，我感覺到這封信有些很不對勁的地方。」

「你所言極是。」富蘭克林・克拉克冷冰冰地說。

「是的，可是在一開始，我就犯了一大錯。我說服自己，我對那封信的強烈感覺，只是一種純粹的印象而已。我把那種感覺當成一種直覺。我以為在一個周密、理性的頭腦當中，是不應有直覺這樣的事物存在的，它僅僅是種一時興起的猜想！當然，你可以進行猜想，而猜想就會有對有錯。如果它是對的話，你就可以稱之為直覺；如果它是錯的話，你通常不會再談到它。可是通常被稱作直覺的事物，其實是一種以邏輯推理結果或經驗為基礎的印象。當內行人感到一幅畫、一件家具或是支票上的簽名有什麼不對勁時，他這種感覺其實是根據許多細小的跡象和細節所建構出來的。他無需探究實際的枝微末節，他的經驗會主動排除這個動作，而去蕪存菁的結果便是那種有事不對勁的感覺。可是這並不是一種猜想，而是以經驗為基礎的印象。

「好了，我承認，對於第一封信，我並沒有以正確的方式來思考它，它使我極端地焦慮不安，警方認為這是個惡作劇。我自己則是謹慎以待，確信如信中所言，將會有一場謀殺案在安多弗發生。正如你們所知道，確實有一場謀殺案發生了。

「我充分認識到，那時還沒有辦法知道凶手是誰。我唯一能做的是，試著去理解是什麼樣的人幹的。

「我也掌握了某些線索。那封信、那種犯罪的方式、被謀害的人。那時候我必須找出的是：犯罪動機，寫信的動機。」

「是為了出出風頭。」克拉克說。

「他必定有一種自卑情結。」索拉．格雷補充道。

「當然，那是顯而易見的。可是為什麼會是我呢？為什麼是赫丘勒．白羅？如果把信寄給蘇格蘭警場，保證可以更出風頭。寄給報社也是，報社可能不會把第一封信刊登出來，但是當第二場謀殺案發生的時候，ＡＢＣ便可以確保所有的新聞媒體會將之公諸於世。為什麼會是赫丘勒．白羅呢？這當中是否有什麼個人原因？在信中是可以察覺到，他對外國人有些輕微的仇視——但這種解釋我還不滿意。

「隨後，第二封信到達，接著便是貝斯希爾的貝蒂．巴納德謀殺案。現在已變得很清楚了（這也是我早就懷疑的），這些謀殺案是用字母順序來進行的，對多數人來說，這個事實看來已成定論。可是，它卻使我確定了心目中一個主要的問題：ＡＢＣ有什麼必要犯下這些謀殺案呢？」

梅根．巴納德在座位中激動起來。

「難道不是——一種嗜血的貪欲？」她說道。

白羅轉身朝向她。

「你說得沒錯，小姐。確實有這種事，那種殺人的欲望……但這不太符合本案的實情。一個充滿殺人欲望的殺人狂，通常會想要無限制地殺人，這是種周而復始的渴望。這樣的凶手會急欲掩藏罪行，而不是加以宣揚。接下來我們對四個被選中的受害人進行考慮——或者說，至少他們當中的三個人（因為我對唐斯先生和厄斯菲德先生了解甚少）。如果『挑選』了這些人，是因為凶手可以在殺死他們之後不引起任何懷疑——弗朗茲．阿雪爾、唐納德．弗雷澤或梅根．巴納德，還可能是富蘭克林．克拉克先生，這些才是警方會馬上產生懷疑的人，即使他們無法得到直接的證據；人們怎麼也不會想到背後有個不知名的連續殺人凶手——那麼，為什麼凶手感到有必要把注意力引向自身呢？有必要在每具屍體旁邊留下一本ABC鐵路指南嗎？那是種強迫性的做法嗎？是不是有什麼與鐵路指南相關的情結？

「我發現，要探究凶手的心理是挺不可思議的。那能不能算是寬宏大量，恐懼把犯罪責任強加在一個無辜者身上？

「儘管我無法解答那個主要的問題，我倒感覺我了解凶手的某些心態。」

「比如說什麼心態？」弗雷澤問。

「首先呢，是他有一種平面思考的邏輯。他的罪案以字母順序的遞進來排列——對他而言，這顯然很重要。在另一方面，他對受害人並沒有特別的品味——阿雪爾太太，貝蒂．巴納德，卡邁科．克拉克爵士，他們彼此之間差異甚大。沒有性別情結，也沒有特定的年齡情結。對我而言，那是個相當奇怪的現象。如果一個人不加區別地殺人，通常是因為他要除掉那些擋住他去路或惹惱他的人。可是字母順序的遞進表明，這裡的情況可不是這樣。某種類型的凶手通常會挑選某類特定的受害人，幾乎總會是異性。ABC的模式當中有些偶然性，這在我看來與字母順序的選擇格格不入。

「我允許自己做一個小小的推論。ABC的選擇使我想起我稱之為『鐵路迷』的人，這在男人當中比女人更為普遍，男孩子要比女孩子更喜歡鐵路。所以，在某些方面，這或許表示凶手的思維未完全定形。『男孩』的動機占了主導地位。

「貝蒂．巴納德的死亡及其方式令我獲得其他的啟發。她死亡的方式尤其令人產生諸多聯想（對不起，弗雷澤先生）。首先，她是被人用自己的腰帶勒死的，那麼殺害她的人必然和她有著友好或親密的關係。當我了解她性格中的某些傾向時，我的心中就生成一幅圖像。

「貝蒂．巴納德是個愛打情罵俏的人，她喜歡招引風度翩翩的男士來注意她。因此，ABC為了說服她跟他外出，必須具備一定程度的吸引力——即性別的吸引力。他必須有辦法——如同你們英國人說的，去『結識異性』。他要能與女人一拍即合！我設想海灘上的場景是這樣的：那男人恭維她的腰帶，她便解下來，他玩耍般地把腰帶纏繞在她的脖子上，也許會說『我要勒死你』，一切都是在打打鬧鬧之中，她咯咯地笑，而他則拉緊——」

唐納德．弗雷澤跳起來，臉色發青。

「白羅先生，你饒了我吧。」

白羅做了個手勢。

「我這部分已講完，結束了。我們再接著談卡邁科．克拉克爵士的謀殺案。在這裡，凶手又回復到他的第一種手段——猛擊頭部。這是相同的字母情結，可是有一件事困擾著我，凶手應該以某種特定的順序來挑選這些城鎮，以保持一致。

「如果安多弗是A目錄下的第一百五十五個名字，那麼B謀殺案也應該是B目錄下的第一百五十五個，或一百五十六個，然後C謀殺案則是第一百五十七個。在這裡，這些城鎮是隨機進行挑選的。」

「這是不是因為你個人的偏執，白羅？」我提議道。「你自己是挺有條理的，幾乎算是病態了。」

「不，這可不是病態！Quelle i'dee[41]！可是我承認，在這一點上，我可能是過分緊張了。先不談這個！

「徹斯頓謀殺案給我的幫助極少，我們一點運氣也沒有。由於那封信被誤投，因而我們無法做什麼準備。

「可是凶手在宣稱D謀殺案的時候，我們已形成了相當堅實的防禦體系。ABC不能再寄望於僥倖犯下謀殺案，這是顯而易見的事。

41　法語，意思是「這是什麼觀點」。

「還有，那時候我才想到長筒襪的線索。很顯然，有個推銷長筒襪的人曾在每一個犯罪現場或附近地區出現，這絕不是巧合。因此，那個推銷襪子的人必定是凶手。我要說，對那個人的描述，就像格雷小姐說的，並不符合我對那個勒死貝蒂·巴納德的人的印象。

「我得迅速描述以下幾個過程。第四場謀殺案最終發生了，那個名叫厄斯菲德的人被謀殺。看起來，凶手像是把他與那個叫唐斯的人弄錯了，他倒也差不多是同等身材，在電影院裡兩人也相鄰而坐。

「而現在，高潮終於來臨。ABC事與願違，他被識破，遭到逮捕，最終束手就擒。

「這件案子正如海斯汀所說的那樣，『就此結束』。

「對公眾而言，這是順理成章的事。那傢伙已在獄中，他最終的下場無疑是去布羅摩爾，從此不會再有相關的謀殺案，他將就此消失！一切都終止！安息吧。

「可是對我來說，情況絕不是這樣！我什麼情況都不了解！一點也不知道原因何在。

「另外，還有一個令人挺傷腦筋的事實，在貝斯希爾謀殺案案發當晚，那個卡斯特有不在場的證明。」

「這也一直令我困擾不已。」富蘭克林·克拉克說道。

「是的，它讓人困擾。那個不在場證明，確實有點像是真的。但它也可能不是真的，除非……現在，讓我們來看看這兩個非常有意思的推測。

「朋友們，請假設卡斯特確實幹過三件謀殺案，A案、C案和D案，他並未幹B案。」

「白羅先生，該不是——」

白羅看了一眼梅根．巴納德，使她平靜下來。

「請保持安靜，小姐，我是為了挖掘真相，我是！我要揭發謊言。請假設ABC並沒有犯下第二件凶殺案。要記住，它是在二十五日凌晨發生的——那天他早已來到犯罪地點。我們要設想，有沒有人會搶先一步呢？在那樣的情況之下，他會做些什麼？進行第二場謀殺？或是潛伏起來，並且把第一場謀殺案當作一種血腥的獻禮？」

「白羅先生！」梅根說道，「這真是個異想天開的念頭！所有的謀殺案必定是同一個人做的！」

他並沒有理睬她，繼續沉著地說下去：「這樣的假設足以解釋一個事實——亞歷山大．波拿帕．卡斯特（他和任何一個小姐都無法一見如故）與殺害貝蒂．巴納德的凶手，在個性上有頗大的差異。在此以前，那個可能的凶手已經利用了其他凶案。這是很容易理解的，比如，開膛手傑克的所有罪案也不是全部由他犯下的。到目前為止，情況一切順利。

「可是，我隨後便碰到了一個真正的難題。

「在巴納德謀殺案發生之前，還沒有ABC的任何消息被公開過。安多弗謀殺案只是引起了極小的關注。關於那本打開的鐵路指南，新聞界甚至都沒有提到。所以，殺害貝蒂．巴納德的那個人必定了解某些內情，這些情況應該只有少數人才知道——我自己、警方和阿雪爾太太的某些親戚、鄰居們。

「那方面的調查使我茫然不知所以。」

那些望著他的臉也同樣地茫然不知所措，充滿困惑。

唐納德．弗雷澤若有所思地說道：「總之，警察也是人，他們都是外表體面的人——」

他停住口，詢問地看著白羅。

白羅輕微地搖頭。

「不，可沒那麼簡單。我告訴你，還有第二種假設。

「假設卡斯特不用對殺害貝蒂．巴納德一事負責，假設有其他人殺害了她，那些人是否也需對其他的謀殺案負責呢？」

「可是那樣子是說不通的。」克拉克說道。

「說不通嗎？我開始進行一些必要的動作。我以一種完全不同的觀點，對收到的那些信件進行檢查。我從一開頭就感到，裡面有些不太對勁，就像一個研究畫作的專家感覺某幅畫有問題一樣……

「我從未認為，這些信件的問題是出在寫信的人是個瘋子。

「於是，我對它們再次進行了檢查。這一次我得出完全不同的結論。它們的問題在於：寫信的人是一個正常人。」

「你在說些什麼呀？」我叫道。

「是的，確是如此！這些信件之所以不對勁，就跟一幅畫常出現的問題一樣——因為它們全都是偽造的！它們假裝是個瘋子所寫，是個殺人狂所寫，可是事實上，它們並不是。」

「這說不通。」富蘭克林·克拉克重複道。

「錯了！這必須反覆推想。寫這樣的信到底是為了什麼？是為了要把注意力集中到寫信人身上，是為了要把注意力引向謀殺案！是的，乍聽之下，它的確說不通。然後我突然明白了：它是為了把注意力集中到幾個謀殺案上，集中到一系列謀殺案上……難道你們那位偉大的莎士比亞沒說過『見樹不見林』嗎？」

我並沒有糾正白羅對文學作品的記憶。我專心試圖了解他的觀點，似乎若有所得。他繼續說道：「你什麼時候最不容易注意到針這樣的細微物體？當它放在針插中的時候！你什麼時候最不容易注意到一件獨立的謀殺案？當它是系列謀殺案的其中一件時。

「我必須去對付一個絕頂聰明、足智多謀的凶手。他不顧一切，膽大妄為，是個徹頭徹尾的賭徒。但他不是卡斯特先生！卡斯特先生可能從未犯下這些謀殺案！不，我必須應付一個完全不同的人——一個帶著小孩子脾氣的人（有男學生風格的信件和鐵路指南為證），一個對女人有吸引力的男人，一個殘酷漠視生命的人，一個在某場謀殺案中是關鍵人物的人！

「請考慮，當一個男人或女人被殺害時，警方都會問些什麼問題呢？是機會，罪案發生的時候每個人都在哪裡；是動機，從這些死者的死亡當中，誰能獲得利益；如果動機和機會都相當明顯，一個可能的凶手會做些什麼呢？會偽造不在場證明。意思是，以某種方式篡改時間嗎？可是那總是個危險的做法。我們的凶手想到了一種更難以置信的防衛策略——他創造一個殺人凶手。

「我現在要對這麼多起謀殺案進行回顧，以便發現可能有罪的人。安多弗謀殺案？那起謀殺案中，最有嫌疑的人是弗朗茲．阿雪爾，可是我無法想像的是，阿雪爾能夠發明和執行這樣一個設計精巧的計畫，我也無法設想他能策畫一件有預謀的凶殺案。貝斯希爾謀殺案？唐納德．弗雷澤挺有可能，他有頭腦和能力，並且他的思維運轉井井有條。可是他殺死心上人的動機只可能是出於嫉妒——而嫉妒是無可預謀的。我還了解到，他在八月初就休了假，這表明他不太可能與徹斯頓謀殺案有瓜葛。我們再來談談下一場徹斯頓謀殺案——我們可以立刻處於理由較充足的立場。

「卡邁科．克拉克爵士是個鉅富。誰將會繼承他的錢財？他的妻子正病入膏肓，她要活著才能享有財產，等她死後，這些遺產會屬於他的兄弟富蘭克林．克拉克。」

白羅慢慢地環視，直到他與富蘭克林．克拉克的眼神碰在一起。

「我隨即相當確信。那個在我心靈深處已經了解很久的人，正是我所認識的某個人。ABC和富蘭克林．克拉克正是同一個人！那種膽大妄為的冒險性格，四處漫遊的生活，那種對英格蘭的偏愛——它非常微妙地展現在對外國人的藐視上。還有他富有吸引力的大方風度，這使他輕而易舉地在餐廳門口釣上那個小姐；那種富有條理的平面思考——他有一天在這裡列出一個單子，勾掉以ABC開頭的名字；最後，是那種小男孩的個性。克拉克夫人曾提到過這點，而且也表露在他讀小說的品味——我已確定他家的圖書室裡有一本名叫《鐵路男孩》的書，是由E．耐斯比特寫的。至此，我便不再有任何懷疑，那個ABC，那個寫信並進行那些謀殺的人，就是富蘭克林．克拉克。」

克拉克突然迸出一陣大笑。

「真是富有創意！我們那位卡斯特老兄，證據確鑿的現行犯，又該做何解釋呢？他衣服上的血跡是怎麼回事？還有他藏在住處的那把刀？他可能會否認他犯了那些謀殺案——」

白羅打斷他的話。

「你錯了，他對這些罪行供認不諱。」

「什麼？」克拉克看上去相當震驚。

「哦，是的，」白羅溫和地說，「我一開口跟他說話，就已明白卡斯特認定自己有罪。」

「而這些都沒能使白羅先生信服？」克拉克說。

「是不能。因為我一看見他，就知道他不可能有罪！他既沒有膽量，也不夠勇敢，我還可以說，他更沒有策畫的頭腦！我一直都認為凶手具有雙重性格。現在我知道原因何在了。案件涉及兩個人。真正的凶手，狡詐、足智多謀、膽大妄為；而那個假的凶手，愚蠢、猶豫不決、容易受到影響。

「容易受影響。這正是卡斯特先生的神祕故事中，最重要的元素！克拉克先生，策畫某個系列謀殺，以便把人們的注意力從單獨的謀殺案中分散出來，這對你來說還不夠，你必須有一個做掩護的人。

「我想，可能是在一個偶然的機會，你在一間咖啡店碰到這個古怪的人，他有著招人注意的誇張教名，於是你的腦中第一次產生了這個念頭。當時，你的腦海中正翻來覆去醞釀著謀害你哥哥的許多計畫。」

「真的嗎？那為什麼呢？」

「因為你很為將來憂慮。我不知道你是否意識到，克拉克先生，就在你給我看你哥哥寫給你的那封信時，我對這件事有了更深的了解。在信中，他非常清晰地顯露他對索拉・格雷的愛慕和傾心。他的態度可能是父親般的關愛——或者他只是寧願做如是想。不管怎樣，真正的危險是，在你嫂子死後，他可能會因為孤獨寂寞，而轉向這個美麗的小姐尋求同情和安慰，而最後，就像很多老年人一般，他或許會和她結婚。由於你對格雷小姐頗有了解，你的恐懼因此與日俱增。我想，你挺擅長於評判性格，儘管都帶點譏諷的態度。你判斷出，不管正確與否，格雷小姐是那種『熱中名利』的年輕女子，她日後很有可能會成為克拉克夫人，因對此你絲毫不懷疑。你的哥哥是個極其健康的人，他精力充沛，所以他們可能會有小孩，因而你繼承遺產的機會就微乎其微。

「我認為，實際上，你一直是極端悲觀的人。你像滾石一樣四處雲遊，根本聚積不了什麼財產，你也相當妒嫉你哥哥的財富。

「我再重複我的話，就在你反覆考慮那些計畫時，你碰上了卡斯特先生，這使你有了靈感。他那誇張的基督教名、談及自己的癲癇病和頭疼宿疾，以及渾身上下唯唯諾諾、低賤卑微的模樣，讓你靈光一閃，打定主意將他納為行凶工具。由卡斯特的姓名縮寫開始，整個字母計畫一一在你腦中湧現。而你哥哥的姓氏以C開頭和他住在徹斯頓這件事，是整個計畫的核心內容。你甚至向卡斯特提出了未來的結局，儘管你很難期望這個預言發生效果。

「你所做的安排相當高明。你以卡斯特的名義寫信，向襪子公司批購了一批貨給他，你自己則寄去一些ABC，讓兩者看上去像是相同的包裹。你寫信給他——是一封打字機打出的信——聲稱這家企業會提供他一份優厚的薪水和佣金。你的事前計畫安排得非常好，你把所有的信件都打完，隨後再寄發出去，然後你把打完信件的那架打字機交給他。

「你現在必須找到兩個受害人，他們的姓名必須以A和B開頭，他們也要住在地名以相同字母開頭的地方。

「你隨機選擇了安多弗作為一個可能的地點，你去那裡進行預先偵察，這使你得以挑選阿雪爾太太的小店作為第一場謀殺案的地點。她的姓名很清楚地寫在門上，而你也恰好發現她往往是一個人待在店裡。殺害她需要勇氣、膽量和適度的運氣。

「至於字母B，你就必須改變策略。可以想見，在這段期間，獨自看管店鋪的婦女都已十分戒慎。我可以想像到，你這時會去光顧一些餐廳和茶室，與那裡的小姐逗樂打趣，並尋找姓名正好是以那個字母開頭的人，尋找符合你目標的人。

「貝蒂·巴納德正是你在尋找的那種女孩。你帶她出去了一兩次，向她說你是一個已婚男人，出外遊覽必須進行得祕密一點。

「既然你的前置作業已經完成，就一一開始執行！你把那張安多弗的名單寄給卡斯特，指示他於某一天到那裡去，同時，你把第一封信寄給了我。

「在指定的那一天，你去安多弗殺死了阿雪爾太太，你的計畫沒有遭到任何破壞。

「第一場謀殺案就成功地完成了。

「第二場謀殺案，你採取了預防措施，實際上，那是在前一天犯下的。我相當確信，貝蒂．巴納德是在七月二十四日午夜之前被殺害的。

「我們現在看第三場謀殺案——這才是最重要的，實際上，從你的觀點來看，這才是真正的謀殺案。

「在這裡，海斯汀應該得到極大的表揚，他對沒人注意的現象做出簡單卻明晰的判斷。

「他說，那第三封信是故意讓它送錯地址的！

「他的判斷正確無誤！

「在那個簡單的事實中，有個困擾我很久的問題。為什麼這些信要寄給赫丘勒．白羅，寄給一個私人偵探，而不是警方呢？

「我曾經錯以為有什麼個人原因。

「其實並不是這樣！這些信之所以寄給我，是因為在你的計畫當中，有一項是，其中一封信必須寫錯地址繞個彎——可是任何寄給蘇格蘭警場的信件絕不可能誤投！它必須是個私人地址。你於是選擇了我，因為我是個為人熟知的人物，並且一定會把這些信件交給警方。

還有，在你那個懷有偏見的頭腦之中，你頗樂於去嘲弄一個外國人。

「你非常清晰地在信封上寫好地址。白港，白馬，這是很自然的筆誤。而海斯汀非常敏銳，他對一些細微的假象不加理睬，直接關注顯而易見的事實。

「當然，這封信是故意讓它繞了個圈子的！以確保謀殺案安然完成以後，警察們才能去追查。你哥哥晚間散步的習慣使你有機可乘，而對ABC案的恐懼已成功地占據了大眾的心房，幾乎沒有人會思及你犯罪的可能性。

「你哥哥死後，當然，你的目的已經達成。你再沒有意願進行更多的謀殺。但是，如果謀殺案毫無理由地中止，可能會有人對真相產生懷疑。

「卡斯特先生，你的那個蔽障物，由於外表太平凡，一直很成功地扮演著『無名人士』的角色。以至於到那時為止，仍沒有人注意到有同一個人出現在三場謀殺案現場附近！令你惱火的是，甚至連他到過康比塞的事都沒人提到。格雷小姐的腦中已經完全忘記這件事。

「你仍像往常一樣大膽，決定再進行一場謀殺，可是這一次做案的路標要標示清楚。

「於是你挑選唐克斯特作為行動的地點。

「你的計畫非常簡單。你自己很自然會到犯罪現場去，卡斯特先生也會得到公司的指令去唐克斯特。你的計畫是要跟蹤他以掌握機會。事情順利地進行著。卡斯特先生去了一家電影院，那太容易找到機會了。你坐在離他幾個座位的地方。當他起身離開時，你也起身。你假裝步履蹣跚，把身體斜向前面，用刀刺死了前排那個正在打瞌睡的人，並把那本ABC滑到他的腳邊，在黑暗的通道中故意撞上卡斯特先生，在他的袖子上擦了擦刀，再把刀放進他的口袋中。

「你根本用不著費心去尋找一個以D為開頭的人，這次任何人都可以！你認為——這也相當正確——這次會被認為是失誤。觀眾當中一定有以D為姓名開頭的人，一定會有人認為他才是那個真正的下手目標。

「而現在，我的朋友，我們從那個假ABC的角度來思考這個案子，也就是從卡斯特先生的角度來思考。

「安多弗謀殺案跟他一點關係都沒有。貝斯希爾謀殺案則使他感到震驚和不解。為什麼，那個時間他自己剛好在那裡？隨後是徹斯頓謀殺案和報紙上的大肆宣揚。他在安多弗的時候有一件ABC謀殺案，在貝斯希爾的時候也有一件ABC謀殺案，而現在又有另外一件命案就發生在他出差地點的附近……三件案子發生的時候，他正好都在現場地區。飽受癲癇困擾的人通常會有記憶的空白，會記不起他們做過什麼事情……要記住，卡斯特本是個緊張兮兮、神經過敏的人，而且極容易受到影響。

「然後他收到了去唐克斯特的指示。

「唐克斯特！下一場ABC案也即將發生在唐克斯特。他一定感到這是命運的安排。他喪失了勇氣，他認為他的房東太太在懷疑他，於是就告訴她說是要去丘特漢。

「他仍到唐克斯特去，因為這是他的任務。下午他去了一家電影院。他很可能在那裡打了一兩分鐘瞌睡。

「當他返回旅館時，他發現他衣服的袖口上沾有血跡，口袋中有一把帶著血漬的刀。我們可以想像他的感覺，他先前所有模糊的感覺都變得確定無疑。

「他……他自己竟然就是那個凶手！他想起他的頭痛，他記憶的偶然空白。他很確信這個事實──他，亞歷山大．波拿帕．卡斯特，是一個殺人狂。

「隨後，他的行為就像是遭受到圍剿的野獸。他回到倫敦的住所，在那裡，大家熟悉的是另一個他，他覺得很安全。他們會以為他去了丘特漢。他還帶著那把刀──這麼做當然極其愚蠢，於是他把刀藏在衣帽架裡。

「然後有一天，他得到警告，說是警察要來了。一切都完了！他們都知道了！

「那頭被圍剿的野獸開始最後的逃亡……

「我不知道他為什麼要去安多弗。我想，是一種病態的欲望吧，想去看一看那個『他』犯下罪案的地方，儘管他什麼也不記得了……

「他身上分文皆無，精疲力盡，他的腳自願地把他領向了警察局。

「但即便是一頭被抓獲的野獸，也會困鬥掙扎。卡斯特先生完全相信他犯下了這些謀殺案，可是他仍然堅決認定某案自己無罪。他絕望地咬緊第二場謀殺案發生當時他有不在場證明，至少那樁不該算在他的頭上。

「正如我講過的，當我看到他的時候，立刻就知道他不是凶手，我的名字對他而言一文不值。我也知道，他認為『自己』就是那個凶手。

「在他向我供認他的罪行之後，我更強烈地確知，我的推論是對的。」

「你的推論，」富蘭克林．克拉克說，「荒謬得可以。」

白羅搖了搖頭。

「不，克拉克先生。由於沒人懷疑你，所以你一直安然無事。然而一旦你遭到懷疑，要獲得證據就相當容易。」

「證據？」

「是的，我在康比塞的一個壁櫥裡，發現了你在安多弗和徹斯頓兩案中使用過的棍子。那是根普通的棍子，帶著一個厚實的把柄頭，其中一段木頭被替換了，灌進了鉛。你的相片也被兩個人認出來，他們看見你離開電影院，而那時大家以為你在賽馬場。你也被貝斯希爾的米莉．希格利和『緋紅色跑步者』旅社的一個小姐認出，你在案發當晚曾經帶貝蒂．巴納德去那裡吃飯。最後──那是最最致命的事──你忽略了一個應該警覺的地方，你在卡斯特先生的打字機上留下一個指紋──如果你真是清白無辜，那架打字機你就不可能碰過。」

克拉克靜靜地坐了一會兒，然後他說道：「Rouge, impair, manqué[42]！你贏了，白羅先生！可是我認為這一切值得！」

他以難以置信的速度從口袋中掏出手槍，對準了自己的頭。

我發出一聲叫喊，不自覺地畏然退縮，等待槍聲響起。

可是什麼也沒發生。扳機毫無作用地響了一下。

克拉克驚奇地瞪著眼睛看，發出一聲詛咒。

「不，克拉克先生，」白羅說，「你可能注意到我今天換了個新男僕——他是我的一個朋友——是個順手牽羊的偷竊專家。他從你的口袋中偷出手槍，卸下子彈，然後又放回去，而你根本就沒有注意到。」

「你這個無禮至極的外國矮子！」克拉克叫道，因狂怒而臉色發紫。

「是的，是的，那就是你的感覺。不，克拉克先生，你不能死得太容易。你告訴卡斯特先生，你曾經差一點溺水而死。你知道那是什麼意思嗎？你注定是另一種命運。」

「你——」

他說不出話來，臉色變得鐵青，威脅般地緊握拳頭。

兩個蘇格蘭警場的警探從隔壁房間出來，其中一位是克羅姆，他走向前，說出了行之已久的例行警告：「我警告你，你所說的每一句話都將作為呈堂證供。」

「他已經說得夠多了。」白羅說道。他又向克拉克補充說：「你充滿了偏執的優越感，可是我認為你的罪行一點也不像是英國式的案件——不夠光明正大，沒有絲毫運動精神！」

42 法語，意思是「紅色，奇數，輸了」。

35 結局

我必須很抱歉地承認，當門在富蘭克林·克拉克身後關上時，我歇斯底里地笑了出來。

白羅看著我，帶著些許的驚詫。

「因為你跟他說他的罪行沒有運動精神。」我喘著氣說道。

「確實是如此啊！他使人感到不屑。倒不是因為他謀害自己的親兄弟，而是他殘忍地認定一個不幸的人就活該過著悲慘的生活。『捉住狐狸，把牠關進籠子，再也不讓牠跑掉』！那可談不上公平！」

梅根·巴納德深深地嘆氣。

「我無法相信這件事，無法相信！這是真的嗎？」

「是的，小姐，惡夢已經結束。」

她看著他，臉色漸暗。

白羅轉向弗雷澤。

「梅根小姐一直非常擔心，害怕第二場謀殺案是你幹的。」

唐納德・弗雷澤平靜地說：「我也曾經這麼想過。」

「是因為你作的夢？」他離這個年輕人更近了一點，暗暗地降低聲音。「你的夢有一種很自然的解釋。那是因為你發現那位妹妹的印象在你的腦中漸漸淡漠，而且它的位置由那個姐姐來代替了。在你的心目中，梅根小姐取代了她的妹妹，但由於你無法容忍自己這麼快就對死者不忠，你努力要消滅這個念頭，要根除它！這就是那個夢的解釋。」

弗雷澤的眼睛瞄向梅根。

「不要害怕遺忘，」白羅溫和地說，「她不值得你深深牢記。在梅根・巴納德身上，你完全可以找到 un coeur magnifique[43]！」

唐納德・弗雷澤的眼睛發亮。

「我相信你的話是對的。」

我們都圍繞在白羅身旁提問，要他回答這樣、那樣的問題。

「那些問題，白羅，你向每個人提的問題，是否有任何目的性？」

43 法語，意思是「一顆美妙的心靈」。

「有些問題僅僅是開玩笑，卻也讓我了解到我想知道的事——當第一封信寄出的時候，富蘭克林．克拉克正好在倫敦；而且，當我向索拉．格雷提問時，我也想看看他的臉色。他絲毫未加提防，我瞥見他眼中的敵意和憤怒。」

「你一點也不顧及我的感受。」索拉．格雷說。

「我不指望你給我真實的回答，小姐。」白羅冷冰冰地說，「而現在，你的第二個希望又落空了，富蘭克林．克拉克不可能再繼承他哥哥的財產了。」

她猛然一抬頭。「我有什麼必要留在這裡遭受侮辱嗎？」

「沒什麼必要。」白羅說道，禮貌地為她打開門。

「那個指紋極具說服力，白羅，」我尋思著說，「你一提到它，他就崩潰了。」

「是的，那些指紋挺管用的。」他若有所思地補充道：「我編那些話是為了讓你樂樂，我的小老弟。」

「可是，白羅，」我叫道，「那難道不是真的？」

「完全不是，老弟。」赫丘勒．白羅說。

§

我必須提到，幾天後，亞歷山大．波拿帕．卡斯特前來拜訪我們。他緊握白羅的手，結結巴巴地竭力向白羅道謝。之後，卡斯特斂容說道：「你們知道嗎，有家報社已經出價一百英鎊，一百英鎊耶，要我簡單講述我的生平故事。我……我都不知道該怎麼用那些錢。」

「一百英鎊我才不會接受呢，」白羅說，「要堅定，要告訴他們說，五百鎊才是你的價碼，而且別只賣給一家報社。」

「您真的認為，我可以——」

「你要了解，」白羅說著，面帶笑意，「你已是一個名人，實際上，是現在全英格蘭最出名的人。」

卡斯特先生仍是一本正經，但臉上掃過一陣喜悅。

「您知道嗎，我相信您是對的！名人！所有的報紙！我會採納您的建議，白羅先生。那酬金必須說得過去……說得過去。我要去度幾天假，然後我要送給莉莉·馬伯里一件精美的結婚禮物。她實在是個貼心的女孩，十分貼心的女孩，白羅先生。」

白羅鼓勵地拍拍他的肩膀。

「你說的沒錯。好好享受你的人生。另外，只是個小建議——去看看眼科醫生怎麼樣？你那些頭痛，可能只是因為需要一副新眼鏡。」

「您認為一直以來就是這個原因嗎？」

「是的。」

卡斯特先生感激地和他握手。

「您真是個偉大的人，白羅先生。」

像往常一樣，白羅衷心接受這句恭維，甚至連裝一下謙虛都沒有。

當卡斯特大搖大擺地走出門後，我那位老朋友衝著我笑。

「那麼，海斯汀，我們又偵破了一起案件，不是嗎？Vive le sport[44]！」

44 法語，意思是「遊戲萬歲」。

專文推薦

藏在日常細節中的冒險

楊照（作家）

一開始，就都在那裡了。

一九二〇年，阿嘉莎・克莉絲蒂出版了《史岱爾莊謀殺案》，神探白羅就已經退休了。而且在這個案子裡，藉由敘述者海斯汀的轉述，就鋪陳出克莉絲蒂小說最基本的偵探原則：

「那些看來或許無關緊要的小細節……它們才是重要的關鍵，它們才是偉大的線索！」

「豐富的想像力就像洪水一樣，既能載舟亦能覆舟，而且，最簡單直接的解釋，往往就是最可能的答案。」

「沒有任何謀殺行為是沒有動機的。」

還有，一個不討人喜歡的死者，一群各有理由不喜歡死者、因而也就都有殺人動機的人，這些人彼此之間構成複雜的關係，有的互相仇視，有的互相愛戀，麻煩的是，有些愛人其實貌合神離，有些仇人其實私下愛慕；更麻煩的是，不論是愛或是仇，都有可能是扮演出來的。

一個外來的偵探必須周旋在這些嫌疑者之間，從他們口中獲取對於案情的了解，換句話說，他必須在很短的時間內，搞清楚誰是誰、誰跟誰吵架、誰跟誰偷情，然後判斷誰說的哪一句是實話、哪一句是謊言。常常謊言比實話對於破案更有幫助。

再偷偷透露一下，如果要和小說裡的凶手及小說背後的作者鬥智，就像克莉絲蒂對英國社會的了解，祕訣就在於要去追究小說裡的人物背景，尤其是他們的階級地位。基本上，階級地位愈高、權力愈大、愈有錢者，說的話就愈不要相信。例如在《史岱爾莊謀殺案》中，僕人、園丁說的話遠比有頭有臉的人說的要可信多了。就算要說謊，他們的謊言也比較天真，而且往往出於善良動機。當你歸納線索時，就會知道他們並非故意說謊，那是因為他們的認知受到蒙蔽或誤導，而你慢慢就從這蒙蔽或誤導中被引導到真相。

《史岱爾莊謀殺案》出版那年，克莉絲蒂三十歲，但書稿其實早在五年前就寫好了，畢竟要找到有人願意出版一個看來再平凡不過的家庭主婦寫的小說，並不是那麼容易。

所有和克莉絲蒂接觸過的人，都對於她的「正常」留下深刻印象。她看起來就和她那個年紀的典型英國家庭主婦一樣，害羞、靦腆，只能在社交場合勉強跟人聊些瑣事話題，完全無法演講，甚至連只是站起來對眾賓客說幾句客套話，請大家一起舉杯，她都做不到。她不演講，也很少答應接受採訪，就算採訪到她也很難從她口中得到有趣的內容。她會講的，幾乎都是記者本來就知道、或者自己就可以想得出來的。

例如說白羅這個神探的來歷。克莉絲蒂回答：他應該是個外國人，這樣就能在英國日常生活中看出英國人自己看不出的線索。她自己碰過的外國人，只有第一次大戰剛爆發時到英國避難的比利時人。比利時警察怎麼能跑到英國來？那一定是因為他已經退休了。他有潔癖，所以對於現場會有特殊的直覺，馬上感受到不對勁的地方。一個有潔癖的人，好像應該長得矮小些才相稱，一個矮小有潔癖的人最適當的名字，就是希臘神話裡的大力士「赫丘勒斯（Hercules）」，製造出荒唐的對比趣味。那白羅這個姓是怎麼來的呢？克莉絲蒂很誠實地說：「我不記得了。」

一切都如此順理成章，一切都如此合邏輯，不是嗎？有記者問她怎麼看自己的舞台劇〈捕鼠器〉，創下了英國劇場、甚至全世界劇場連演最多場紀錄的名劇？克莉絲蒂的回答也還是中規中矩，合理合節：那是一齣小戲，在一個小劇院演出，成本很低，任何人想到了都可以帶家人或朋友去看，老少咸宜，並不恐怖，也不特別荒謬打鬧，可是又什麼都有一點，包括恐怖和荒謬打鬧的成分。

她的身上找不出一點傳奇、怪誕色彩，那她為什麼能在五十年間持續寫偵探小說，創造了那麼多謀殺，還創造了那麼多詭計？

首先因為她是女性，以及她的身世，包括她的階級身分，使得她在描寫故事場景時比一般男性作者來得敏感。因為在她之前的偵探推理小說男性作家的階級身分都是高高在上，基本上他們會從較高的角度看社會，比較看不到底層的感受。

而她的婚變以及婚變中遭逢的痛苦，都使她更能體會與觀察，將英國社會的複雜細節融入小說的核心情節，讓探案與線索分析結合在一起。

克莉絲蒂一生結過兩次婚，第一次在一九一四年，婚後不久，丈夫就參加了歐戰，是英國皇家空軍最早一批飛行員。一九二六年，這個丈夫有了外遇，直率地向克莉絲蒂要求離婚，在那之前，克莉絲蒂的媽媽才剛過世，雙重打擊之下，又遇到車子無法發動，克莉絲蒂崩潰了，她棄車而走，忘記了自己究竟是誰，躲進一家鄉間旅館，登記時寫了她心裡唯一有印象的名字——她丈夫情婦的名字。

離婚後，一次在晚宴中，有人提起近東烏爾考古的最新收穫，克莉絲蒂就取消了原定要去西印度群島的計畫，改訂了跨越歐洲到君士坦丁堡的「東方快車」，是的，就是這趟旅程給了她寫《東方快車謀殺案》的靈感。不過更重要的是，在烏爾，她認識了一位年輕的考古學家，比她小十四歲，這個人後來成了她的第二任丈夫。

這位考古學家陪她去參觀在沙漠中的烏克海迪爾城，卻在沙漠中迷路困陷了。幾小時中克莉絲蒂卻沒有一點驚慌不安，當下考古學家就決定要向她求婚。

原來，克莉絲蒂的內心是有這種冒險成分的。要不然她不會兩次選到的，都是喜愛冒險的丈夫，而她本身大概也不會吸引一個在各種危險情境下挖掘古代寶藏的人，讓他願意向一個大他十四歲的女人求婚。

這樣說吧，維多利亞時代後期的英國環境，壓抑限制了克莉絲蒂冒險、追求傳奇的內在衝動，她只好將這樣的衝動寄託在丈夫和寫作上。她一邊陪著第二任丈夫在近東漫走，一邊在小說中寫各式各樣的謀殺與探案。謀殺和探案都是冒險，還有，偵探偵查中做的事——蒐集線索，還原命案過程——其實和考古學家的考掘，如此相似！

克莉絲蒂寫得最好的，正是「藏在日常中的冒險」。她個性中的雙面成分，造就了特殊的偵探魅力。既嚮往非常傳奇，卻又有根深柢固的日常邏輯信念，兩者都在克莉絲蒂的小說中扮演了重要角色。她的謀殺案幾乎都和日常習慣緊密編織在一起，日常環境成了凶手最重要的掩護。有些日常規律明顯地被破壞了，讓我們很自然以為那會是謀殺的線索，沿著這些線索形成了閱讀中的推理猜測，然而白羅早就提醒了，真正重要的反而是那些「細節」，也就是看來像是依隨日常邏輯進行的事，或說藏在日常邏輯中因而不被看重的事，那裡要嘛藏著凶手的核心詭計、煙幕，要嘛藏著凶手致命的破綻。

凶案的構想，就是如何讓異常蓋上日常、正常的面貌，又如何故意將日常、正常予以扭曲，製造假象；那麼偵探要做的，就是如何準確地在日常中分辨出真正的異常，將假的、明顯的異常撥開來，找出細節堆疊起來的異常真相。

此外，克莉絲蒂的小說裡隱藏著極其曖昧的情感價值觀，最典型、最有名的就是《東方快車謀殺案》。透過追查過程，讓讀者知道為什麼凶手要訴諸於這種手段，其動機具有可同情之處，再加上克莉絲蒂對身分階級的觀察，她比較相信或讓讀者相信那些沒有權力、地位的人，隨著偵查節奏去認識可能或必須懷疑的人。克莉絲蒂最擅長營造「多重嫌疑犯」的小說特質，因為讀者在閱讀時必須被迫去認識很多不一樣的人。在她最受歡迎的作品，大概都具備這樣的特質。

當然，她的作品中還有兩個最突出的神探，即白羅和瑪波。白羅是比利時人，但為什麼必須是外國人？這是因為英國人具有高度階級意識，這種觀念一路滲透到所有互動細節，包括人與人之間如何說話。而白羅因為不是英國人，他會發現一般英國人不太看得出來的東西，以及兩個人互動的方法哪裡不正常。至於瑪波為什麼得是老太太？她一如那個年代的老人家，總是靜靜坐著打毛線，因為不起眼，自然讓人放鬆防備，所以瑪波探案的線索都是來自於這樣的互動模式。

然而，白羅有很明顯的優勢，瑪波的身分使她基本上只能進行「靜態」的辦案，案子的空間受到侷限，白羅卻可以跨越各種空間，恣意揮灑。而且白羅擁有警官身分，可以合理出現在各種犯罪現場，瑪波能出現的地方，相形之下就勉強、不自然多了。白羅是明白的outsider，在英國，只要他出現，就會覺得有外人在而感到緊張，於是很容易露出平常不會表現的行為；瑪波則看起來是 insider，但實質上是 outsider，因為總是沒人發現她、當她空氣人。這兩人的探案，是兩個極端。雖然讀者最愛白羅，但克莉絲蒂自己偏愛瑪波勝於白羅。

不管後來的偵探、推理小說發展了多少巧妙詭計，克莉絲蒂卻不會過時，因為她的推理如此密切地和日常纏繞在一起；活在日常中，我們就無可避免被克莉絲蒂的「日常細節推理」吸引，隨時讀來都充滿驚奇趣味。

名家盛讚克莉絲蒂（依推薦時間排序）

金庸（作家）

克莉絲蒂的寫作功力一流，內容寫實，邏輯性順暢，也很會運用語言的趣味。閱讀她的小說，在謎底沒有揭露之前，我會與作者鬥智，這種過程非常令人享受。其作品的高明之處在於：布局的巧妙完全意想不到，而謎底揭穿時又十分合理，讓人不得不信服。

詹宏志（作家、PChome網路家庭董事長）

推理小說在從先輩柯南・道爾等人的發明中出現力量時，誕生了一位《天方夜譚》故事中每天說故事說個不停的王妃薛斐拉・柴德，也就是「謀殺天后」克莉絲蒂，整個世界對聽這些故事才有如此的熱情。他們捨不得睡覺，每天問後來還有嗎、還有嗎，永遠不肯離去，這就是克莉絲蒂對推理小說的最大貢獻。

可樂王（藝術家）

所謂「克莉絲蒂式」的推理小說，就是一場和一個天才的寫作者或高明的恐怖份子在紙上捕掠捉殺的戰事。即便是一列火車、一處飯店或一間酒吧，在克莉絲蒂寫來皆充滿神祕和猜謎。在人生適合的下午裡，我總是一面嚼著口香糖，一面跟著矮子偵探白羅穿梭謀殺現場，克莉絲蒂的推理作品無疑是推理世界中最充滿「魔術性」的小說。

吳若權（作家、節目主持人）

我從小就對推理小說情有獨鍾，克莉絲蒂一系列的作品尤其令我愛不釋手。多年來，閱讀推理小說的經驗讓我覺悟：讀者在文字情節中推展開來的驚嘆，不只是因緣於故事的本身，而是自我性格的投射。從這個觀點來看克莉絲蒂一系列的作品，她簡直就是洞徹人性的算命師。而讀者，在她的文字中，發現了自己無可奉告的命運。

藍祖蔚（國家電影及視聽文化中心董事長）

做過藥劑師，難免懂得毒藥；嫁給考古學家，難免也就嫻熟文明的神祕；再加上曾經失蹤九天，一切不復記憶的離奇經驗，的確提供了寫作靈感，但若少了想像力，那些片羽靈光縱使辛辣如辣椒，卻不足以成菜。

推理小說重布局、重人物描寫，克莉絲蒂最厲害的卻是犀利的人性觀察，她一手創造的白羅探長，潔癖個性完全和她相反，更將她所憎厭的人格特質集於一身，殊不知，唯有不對著鏡子寫作，才能夠跳出框架與制式反應，開闢無限寬廣的新世界，建構多面向的詭異迷宮。

看完她的小說，你只會更加訝異，到底是什麼樣的心靈才能成就這般視野？

李家同（作家、前暨南大學校長）

克莉絲蒂的整體布局十分細膩，最後案情也都講解得非常詳細，回頭去看，在書中都找得到線索。故事的情節與內容也很好看，不是像一個流氓在街上被殺掉那麼單調。……看小說應該要花腦筋、要思考，從小就要養成思辨的能力，看她的小說，就是對邏輯思考能力極佳的訓練。

袁瓊瓊（作家）

雖然被公認是冷靜理性的謀殺天后，但是在理性之下，克莉絲蒂的底色依舊是感情。克莉絲蒂很明白，所有的慾望之後，都無非是某種愛情。在以性命相搏的犯罪世界裡，凶手以終結他人的性命來遂私欲，不過是為了成全自己的愛，或者是成全自己的恨。

鄧惠文（精神科醫師）

以推理小說作家而言，克莉絲蒂的風格相當獨樹一格。她的偵探在辦案時，靠的不光是科學證據的搜集，而是大量運用犯罪心理學，及對人性的深刻了解。例如在《五隻小豬之歌》中，白羅便是藉由聽取嫌疑犯訴說案情時所不自覺顯露的主觀意識及中心思想，而看出其中破綻，找出真凶。白羅是靠腦袋辦案，以心理層面去剖析案情，即使人們敘述的是同一件事，他可以聽出不同角色因出發點及看待角度不同所透露的情緒觀感，從而抽絲剝繭，還原事實真相。

克莉絲蒂所塑造的人物也生動且各具特色，不同個性所出現的情緒反應描寫，皆細膩而準確，讓讀者產生豐富的想像空間，一展卷便欲罷而不能。

吳曉樂（作家）

克莉絲蒂使用的語言平易近人，主要是以角色與情節的對應來斧鑿出故事的深度，堆疊出讓讀者回味的迂迴空間。而她筆下的角色往往性別、階級、性格、族群各異，塑造出多元又豐富的人物群像。

文學作品不問類型，若要流傳於世，最終仍得上溯至「人性」的理解與反思。而阿嘉莎．克莉絲蒂的作品中，我們可以看到人類屢屢得和自己的人生討價還價，或千方百計讓主觀意識與客觀條件達成某種程度的整合，讀者在重建人物的心理軌跡時，也見識到自身的是非成敗，我認為，這也是克莉絲蒂的作品能夠璀璨經年、暢銷不衰的主因。

許皓宜（心理學作家）

克莉絲蒂筆下的故事看似在談人性的醜惡，實則像一位披著小說家靈魂的心靈引導者，用她的文字訴說著人們得不到「愛」時的痛苦。於是在故事終了的剎那，你不得不對人生多了幾分「看透感」：原來，我們心裡的那些痛苦、報復與自我折磨的慾望，不是因為「憤恨」，而是起於對「愛的失落」。這或許是我們在情感世界中最珍貴且深刻的一種覺察了。

推理小說荒謬驚悚嗎？不，它其實很寫實。它幫我們說出心裡的苦、怨、醜陋的慾望，於是，我們可以重新學習愛了。

一頁華爾滋 Kristin（影評人）

從有記憶以來，閱讀克莉絲蒂最迷人之處往往不在真正的凶手是誰，而是在於「Why」（為什麼）與「How」（如何進行），在於人性與心理描摹的故事肌理。依循其書寫脈絡，會發覺不只是邏輯清晰、布局縝密、著重細節，她總能完美掌握敘事節奏，書中人物彷彿真實存在般鮮明躍然紙上，讀者情緒會隨精準文字保持流轉、跳動、收放，掩卷時並無太多真相水落石出的暢快，反倒淡淡的惆悵化為餘韻襲上心頭，原來還是種種意料之外，卻屬情理之中的人性盲目使然。私以為，那成就了克莉絲蒂的推理故事之所以無比迷人的主因之一。

冬陽（推理評論人）

雖然阿嘉莎・克莉絲蒂的作品並非我的推理閱讀啟蒙，卻是養成閱讀不輟的重要推手。首先，她無庸置疑是個說故事能手，打開我名為好奇的開關；其次是設計犯罪事件的巧妙多元，既日常又異常，凶手更是叫人意想不到。沒錯，我相信每個當讀者的都忍不住想破案，想早偵探一步識破詭計，或者像考試結束鈴響前一秒，瞎猜都要指著某個角色大喊「你就是犯人」！然後會忍不住作弊——不是翻到最後幾頁窺探真凶身分，而是往前翻查讓人起疑的段落、偵探顯然掌握重要線索的時刻，直到忍不住豎白旗投降，看神探（我知道啦，真正把我耍得團團轉的聰明人是作者）頭頭是道地分析我遺漏錯置的片片拼圖，終於看清真相全貌。這，就是偵探推理，我因此熟悉遊戲規則、沉醉在每一場迷人故事裡，成為這個類型書寫的俘虜，享受至今不疲的美好滋味。

石芳瑜（作家、永樂座書店店主）

布局細膩、處處留下線索，破案解說詳細，說明了這位安靜、害羞的推理小說女王心思縝密，且充滿想像力。密室殺人，完美犯罪，《東方快車謀殺案》不愧為古典推理小說的經典。再加上神祕的東方色彩，隨著火車抵達的迫切時間感，連非推理小說迷都會神經拉緊，讀完大呼過癮。

家庭主婦缺少人生經驗？處女座的阿嘉莎．克莉絲蒂充分展現她過人的寫作天分，靠得是從小開始的閱讀，以及對偵探小說的著迷。三十歲寫下第一本偵探小說《史岱爾莊謀殺案》的克莉絲蒂，在那個時代並不能說是「早慧」，但寫作生涯五十五年中，共創作了八十部偵探小說，卻令人難以企及。這位害羞靦腆的小說女神，大概是相信只要有足夠的理由，每個人都有殺人的可能！

余小芳（暨南大學推理研究社指導老師、台灣推理作家協會常務理事）

學生時代加入推理社團，社課指定讀物便是經典作品《一個都不留》，成為我對克莉絲蒂的初步印象，自此沉浸於推理小說的世界。隔年寒假陪同學參與轉學考，在斜風細雨的走廊中，滿足讀完《東方快車謀殺案》。隨著歲月遠走，已昇華成趣味回憶。

踏入推理文學領域需要認識的作家，阿嘉莎．克莉絲蒂絕對名列其中，她的作品常有英國小鎮風光、莊園式的謀殺、設備豪華的交通工具等，還有特色鮮明的偵探活躍其中。書中少有血腥、暴力的橋段，布局巧妙且結構嚴密，手法純粹、知性，故事內容與人物性格融為一體，以高超的想像力結合說好故事的能耐，為推理小說開創新局面。克莉絲蒂推理全集重編改版，值得新舊讀者一起探索。

林怡辰（國小教師、教育部閱讀推手）

多年後，還是難忘第一次閱讀阿嘉莎・克莉絲蒂作品的感動和激動。

這套將近一世紀的作品，文筆流暢，邏輯縝密，過程中不斷與作者較量、猜出凶手，直到最後解答不禁佩服，蛛絲馬跡處處展現作者的精妙手法，於是又拿起另一部作品，再次沉溺在謀殺天后所編織的日常世界中的奇幻，無可自拔。犯罪動機和手法穿越時空限制，如今讀來合理且依舊令人感動，閱讀中趣味橫生，難怪成為後來諸多偵探小說的原型。

克莉絲蒂創作生涯中產出的八十部推理作品，至今多部躍上大銀幕，無怪乎被稱之為「經典」，喜愛推理偵探作品的人不可不讀，你會驚異於她在文字中施展的魔法！

張東君（推理評論家、科普作家）

我愛克莉絲蒂！這位在台灣有時會被稱為克奶奶的超級暢銷推理小說家，即使是自認沒讀過她的書的人，也都會在各種書籍或影視作品中看到對她致敬的片段。由於她喜歡旅行和冒險，那些經驗與體驗都成為書中的場景，因此閱讀她的作品時，不只是雀躍地跟著偵探推理，也有了虛擬的旅行體驗。或者當成旅遊導覽書，在出發去尼羅河、去英國鄉間、去搭船搭火車時，就塞一本克奶奶的作品到隨身背包中。

我還是大學新生時，就聽學姐說她哥哥經常看克奶奶的小說，而且邊看邊狂笑。於是我跟著效仿，在某次搭飛機之前買了第一本小說當旅伴，不只看得超開心，看完後還到處找尋書中出現的那種有兜帽的斗篷，當成出門時的必備用品。克奶奶的作品是跨越文字、國界的。只要看過一本，就會不停地追下去。還好，真的是還好只有八十本。何況這次是全新校訂的紀念珍藏版，當然不能錯過！

發光小魚（呂湘瑜）（文史作家、助理教授）

一部好的偵探小說，除了情節設計巧妙之外，還需要洞悉人性，如此方能合理地交代人物的言行舉止與動機。阿嘉莎．克莉絲蒂便是其中翹楚，她的作品不管是偵探、愛情小說或戲劇，必要元素都是謎題與人性。在寧靜無波的場景下暗潮洶湧，永遠都有意料之外，讀者的情緒也會隨著劇情的進行起伏糾結。克莉絲蒂觀察到時代的變化，將犯罪心理融入作品中，於是，看她的小說不只能得到解謎的快樂，同時對人性也能夠有所省思。

此外，克莉絲蒂豐富的人生歷練及旅行經歷，例如一九二二年的環球之旅、居住過也旅行過的巴黎和埃及，甚至是追隨考古學家丈夫前往的中東，都讓她的小說讀來更加充滿異國情調。如果你也愛旅行，不如就讓我們一同搭上那一班南法的藍色列車，或由伊斯坦堡出發的東方快車，跟著白羅鑽進一樁奇案，一嘗旅程中破解謎題的快感吧。

盧郁佳（作家）

國小時，家裡買了一套阿嘉莎．克莉絲蒂全集，從此成了我的毒品，在白癡課本將我的腦袋啃嚙成海綿般空洞時，撫慰受創的心靈，那時我仍對人心險惡一無所知。

數學課教你列算式，樂趣遠不如克莉絲蒂教你住宅平面圖、偷換時序的密室魔術，你從庭園長窗進房間，我從房門直通鄰房，他從走廊進房……從而學會故事是建構邏輯。她文風多變，時而《四大天王》中讓神探白羅向助手海斯汀大賣關子，眉頭緊皺，山雨欲來，預示天翻地覆，只能靠他拯救世界；時而用維吉尼亞．吳爾芙《自己的房間》中俏皮的語言，讓貧苦村姑安妮在《褐衣男子》中回憶南非出生入死的冒險，竟源於她耽讀村裡圖書館爛舊的冒險愛情小說，還有戲院每週末放映〈帕米拉歷險記〉，帕米拉每集從飛機跳落高空、搭潛艇、爬上摩天大樓，每次被黑幫老大抓到總不一刀斃命，卻老要用瓦斯毒死她，暗示續集又會逃出生天。

長大才發現，克莉絲蒂小說就是我的〈帕米拉歷險記〉：它以歌劇般輝煌龐大的天真陰謀、精細的人際觀察（一句話重音放在哪個字、從膝蓋鑑定女人的年齡等），召喚年輕讀者抱持浪漫精神投入未知的壯遊，瘋魔、衝撞、冒犯，傷痕累累毫無懼色。正如瓦斯在冒險片中太多、現實中卻太少；陰謀在現實中沒有克莉絲蒂寫得那麼複雜，但她刻畫的心理卻是現實中解謎的試金石。

賴以威（臺灣師範大學電機系副教授）

或許可以為經典下幾個定義：該領域的愛好者更都讀過；不是這個領域的愛好者，許多人也都聽過；影響後續的作品，在很多著作中都可以看到它的影子；值得反覆再三閱讀，每隔一陣子再讀都可以獲得閱讀的樂趣，有更多的體悟。我永遠記得第一次讀克莉絲蒂的作品時，被那宛如嚴謹設計數學謎題的鋪陳、推進給深深吸引、震撼。從這幾個角度來說，克莉絲蒂的推理小說被稱之為「經典」，可說是當之無愧。

謝哲青（作家、旅行家、知名節目主持人）

克莉絲蒂小說的魅力在於透過每個角色的對白，藉由不斷的說話來表現人物的個性，以彰顯其人格特質中一些無法被忽略的事實。我們從他們的言語、講話的過程和字裡行間，竟然就能知道誰是凶手。

我從克莉絲蒂的小說學到很多，除了推理小說有趣的事實之外，最重要的是，我在工作的職場跟人應對的時候，如何從語言和對話裡去捕捉某些隱而不顯的事實。許多人們欲蓋彌彰的東西，無論心事也好、祕密也好，克莉絲蒂都會用文學的手法，讓你理解語言的奧妙和魅力。

克莉絲蒂的書寫會讓你覺得彷彿自己也在現場，你可以從聽到的對話當中，學會如何理解人心的一些小技巧，這是小說家最出色、最偉大的地方。我們必須學習傾聽別人說話——這些人講話是真誠的嗎？他想要跟你分享什麼資訊？這些資訊可靠嗎？——這是我在閱讀推理小說時，最大的收穫和理解。

阿嘉莎・克莉絲蒂大事記

1890 • 九月十五日出生於英格蘭德文郡托基鎮。

1894 4 歲 • 開始在家自學，父母親、姊姊教導閱讀、寫作、算術和彈鋼琴。

1895 5 歲 • 家中經濟走下坡，舉家搬至法國，學會流利的法語。

1905 15 歲 • 在巴黎寄宿學校學鋼琴和聲樂，但生性極度害羞，未成為職業鋼琴家，最終回到英國。

1907 17 歲 • 陪同母親前往埃及調養身體，對社交活動充滿興趣，但尚未對日後感興趣的埃及古物點燃熱情。
• 回英國後繼續寫作、參與業餘戲劇表演。

1908 18 歲 • 寫出第一篇短篇小說〈麗人之屋〉，同時也寫出第一部愛情小說《白雪黃漠》，以筆名向出版社投稿，但屢遭退稿。

1912 22 歲 • 與英國皇家軍官亞契・克莉絲蒂（Archibald Christie）熱戀。
• 八月爆發第一次世界大戰，亞契奉派到法國作戰。

1914 24 歲 • 耶誕夜結婚，亞契隨即返回戰場。克莉絲蒂參與紅十字會工作，在醫院擔任護士和藥劑師，因此對藥理和毒物非常熟悉，造就後來多部推理小說情節都以毒藥殺人。

1916 26 歲 • 開始嘗試寫推理小說，寫出第一部小說《史岱爾莊謀殺案》，主角偵探赫丘勒・白羅的靈感，來自於大戰期間英國鄉間的比利時難民營。本書歷經數家出版社退稿後，終獲柏德雷・海德（The Bodley Head）圖書公司的出版機會，之後並簽下另五本小說的合約。

1919 29 歲 • 前一年亞契返回英國，八月生下女兒露莎琳。

1920　30 歲　• 出版《史岱爾莊謀殺案》。

1922　32 歲　• 出版第二部小說《隱身魔鬼》，主角是夫妻檔偵探湯米和陶品絲。
• 與亞契至南非、澳洲、紐西蘭、夏威夷和加拿大等國旅行十個月，在南非得到《褐衣男子》的靈感。

1923　33 歲　• 三月出版第三部小說《高爾夫球場命案》，白羅再度登場。

1926　36 歲　• 四月母親過世，克莉絲蒂陷入憂鬱。
• 六月在「威廉．柯林斯父子出版社」出版《羅傑艾克洛命案》。
• 八月亞契因外遇提出離婚，十二月初一次爭吵後，克莉絲蒂離家棄車失蹤，消息登上全國新聞。

1927　37 歲　• 一月在悲痛心情中寫出《藍色列車之謎》，第一次創造出聖．瑪莉米德村，即後來瑪波小姐居住的村子。
• 分居期間在雜誌刊登以白羅為主角的短篇小說，後來集結出版《四大天王》。
• 十二月在雜誌刊登短篇小說〈週二夜間俱樂部〉，瑪波小姐初登場，後來收錄在一九三二年出版的短篇小說集《十三個難題》。

1928　38 歲　• 十月正式離婚，仍保留「克莉絲蒂」姓氏。
• 秋天搭乘「東方快車」前往土耳其的伊斯坦堡，再轉往伊拉克首都巴格達，參觀考古現場烏爾，認識考古學家伍利夫婦（Leonard and Katharine Woolley）。

1930　40 歲　• 二月應伍利夫婦之邀再訪烏爾，認識考古學家麥克斯．馬龍（Max Mallowan），九月於英國愛丁堡結婚。這段婚姻開啟克莉絲蒂旺盛的創作生涯，兩人到中東考古現場的旅行為許多作品帶來靈感。

- 婚後克莉絲蒂開始維持固定的寫作行程。十月出版《牧師公館謀殺案》，是第一部以瑪波小姐為主角的小說。
- 出版第一部以「瑪麗．魏斯麥珂特」（Mary Westmacott）為筆名的《撒旦的情歌》，並陸續發表了五部非犯罪小說。

1932　42歲
- 出版《危機四伏》。

1934　44歲
- 出版《東方快車謀殺案》，是白羅海外辦案三部曲之一，故事靈感來自中東的旅行經歷。一九七四年第一次改編成電影大獲好評。

1936　46歲
- 出版《美索不達米亞驚魂》，白羅海外辦案三部曲之二。

1937　47歲
- 出版《尼羅河謀殺案》，白羅海外辦案三部曲之三，故事背景是年輕時與母親同遊的埃及。一九七八年第一次改編成電影大受歡迎。

1939　49歲
- 二次大戰期間，克莉絲蒂在大學學院醫院擔任義務藥師，學習到最新的毒藥知識，對於推理小說寫作大有助益。
- 出版《一個都不留》，是克莉絲蒂最著名作品之一。

1941　51歲
- 出版《密碼》，呈現出克莉絲蒂對戰爭的看法。
- 出版《豔陽下的謀殺案》。

1942　52歲
- 出版《藏書室的陌生人》、《五隻小豬之歌》等名作。

1944　54歲
- 以「瑪麗．魏斯麥珂特」為筆名出版第三部作品《幸福假面》，被美國書評人發現是克莉絲蒂的作品，讓她從此失去匿名創作的自在樂趣。

1950	60 歲	• 獲選為皇家文學學會的會員。
1953	63 歲	• 出版《葬禮變奏曲》。
1956	66 歲	• 一月獲頒大英帝國爵級大十字勳章（GBE）。 • 十一月以「瑪麗．魏斯麥珂特」為筆名出版《愛的重量》，是這個筆名的最後一部作品。
1958	68 歲	• 成為「偵探作家俱樂部」主席。
1960	70 歲	• 馬龍獲頒大英帝國爵級大十字勳章。
1961	71 歲	• 獲得艾克塞特大學頒發榮譽文學博士學位。
1968	78 歲	• 馬龍獲封為爵士，克莉絲蒂亦被稱為馬龍爵士夫人。
1971	81 歲	• 獲頒大英帝國爵級司令勳章（DBE），獲封為女爵士。
1973	83 歲	• 出版最後一部創作《死亡暗道》，亦為湯米和陶品絲最後一次辦案。
1974	84 歲	• 最後一次公開露面，出席電影《東方快車謀殺案》首映會。
1975	85 歲	• 八月六日，白羅成為有史以來第一次在《紐約時報》頭版刊出訃聞的小說主角，宣傳九月即將出版的《謝幕》，這也是白羅最後一次辦案。
1976	86 歲	• 一月十二日去世。 • 十月出版《死亡不長眠》，瑪波小姐的最後一次辦案。

克莉絲蒂推理原著出版年表

1920 史岱爾莊謀殺案 The Mysterious Affair at Styles（神探白羅系列）
1922 隱身魔鬼 The Secret Adversary（神探湯米＆陶品絲系列）
1923 高爾夫球場命案 The Murder on the Links（神探白羅系列）
1924 白羅出擊 Poirot Investigates（神探白羅系列）
1924 褐衣男子 The Man in the Brown Suit（神探雷斯上校系列）
1925 煙囪的祕密 The Secret of Chimneys（神探巴鬥主任系列）
1926 羅傑艾克洛命案 The Murder of Roger Ackroyd（神探白羅系列）
1927 四大天王 The Big Four（神探白羅系列）
1928 藍色列車之謎 The Mystery of the Blue Train（神探白羅系列）
1929 七鐘面 The Seven Dials Mystery（神探巴鬥主任系列）
1929 鴛鴦神探 Partners in Crime（神探湯米＆陶品絲系列）
1930 牧師公館謀殺案 The Murder at the Vicarage（神探瑪波系列）
1930 謎樣的鬼豔先生 The Mysterious Mr. Quin（神探鬼豔先生系列）
1931 西塔佛祕案 The Sittaford Mystery
1932 十三個難題 The Thirteen Problems（神探瑪波系列）
1932 危機四伏 Peril at End House（神探白羅系列）
1933 十三人的晚宴 Lord Edgware Dies（神探白羅系列）
1933 死亡之犬 The Hound of Death
1934 三幕悲劇 Three Act Tragedy（神探白羅系列）
1934 李斯特岱奇案 The Listerdale Mystery
1934 帕克潘調查簿 Parker Pyne Investigates（神探帕克潘系列）
1934 東方快車謀殺案 Murder on the Orient Express（神探白羅系列）
1934 為什麼不找伊文斯？ Why Didn't They Ask Evans?
1935 謀殺在雲端 Death in the Clouds（神探白羅系列）
1936 ABC 謀殺案 The A.B.C. Murders（神探白羅系列）
1936 底牌 Cards on the Table（神探白羅系列）
1936 美索不達米亞驚魂 Murder in Mesopotamia（神探白羅系列）

1937 巴石立花園街謀殺案 Murder in the Mews（神探白羅系列）
1937 尼羅河謀殺案 Death on the Nile（神探白羅系列）
1937 死無對證 Dumb Witness（神探白羅系列）
1938 白羅的聖誕假期 Hercule Poirot's Christmas（神探白羅系列）
1938 死亡約會 Appointment with Death（神探白羅系列）
1939 一個都不留 And Then There Were None
1939 殺人不難 Murder Is Easy/Easy to Kill（神探巴鬥主任系列）
1940 一，二，縫好鞋釦 One, Two, Buckle My Shoe（神探白羅系列）
1940 絲柏的哀歌 Sad Cypress（神探白羅系列）
1941 密碼 N Or M?（神探湯米＆陶品絲系列）
1941 豔陽下的謀殺案 Evil Under the Sun（神探白羅系列）
1942 五隻小豬之歌 Five Little Pigs（神探白羅系列）
1942 藏書室的陌生人 The Body in the Library（神探瑪波系列）
1943 幕後黑手 The Moving Finger（神探瑪波系列）
1944 本末倒置 Towards Zero（神探巴鬥主任系列）
1945 死亡終有時 Death Comes As the End
1945 魂縈舊恨 Sparkling Cyanide（神探雷斯上校系列）
1946 池邊的幻影 The Hollow（神探白羅系列）
1947 赫丘勒的十二道任務 The Labours of Hercules（神探白羅系列）
1948 順水推舟 Taken at the Flood（神探白羅系列）
1949 畸屋 Crooked House
1950 謀殺啟事 A Murder Is Announced（神探瑪波系列）
1951 巴格達風雲 They Came to Baghdad
1952 殺手魔術 They Do It with Mirrors（神探瑪波系列）
1952 麥金堤太太之死 Mrs. McGinty's Dead（神探白羅系列）
1953 黑麥滿口袋 A Pocket Full of Rye（神探瑪波系列）
1953 葬禮變奏曲 After the Funeral（神探白羅系列）

1954　未知的旅途 Destination Unknown
1955　國際學舍謀殺案 Hickory, Dickory, Dock（神探白羅系列）
1956　弄假成真 Dead Man's Folly（神探白羅系列）
1957　殺人一瞬間 4:50 from Paddington（神探瑪波系列）
1958　無辜者的試煉 Ordeal by Innocence
1959　鴿群裡的貓 Cat Among the Pigeons（神探白羅系列）
1960　哪個聖誕布丁？ The Adventure of the Christmas Pudding（神探白羅系列）
1961　白馬酒館 The Pale Horse
1962　破鏡謀殺案 The Mirror Crack'd from Side to Side（神探瑪波系列）
1963　怪鐘 The Clocks（神探白羅系列）
1964　加勒比海疑雲 A Caribbean Mystery（神探瑪波系列）
1965　柏翠門旅館 At Bertram's Hotel（神探瑪波系列）
1966　第三個單身女郎 Third Girl（神探白羅系列）
1967　無盡的夜 Endless Night
1968　顫刺的預兆 By the Pricking of My Thumbs（神探湯米＆陶品絲系列）
1969　萬聖節派對 Hallowe'en Party（神探白羅系列）
1970　法蘭克福機場怪客 Passengers to Frankfurt
1971　復仇女神 Nemesis（神探瑪波系列）
1972　問大象去吧 Elephants Can Remember（神探白羅系列）
1973　死亡暗道 Postern of Fate（神探湯米＆陶品絲系列）
1974　白羅的初期探案 Poirot's Early Cases（神探白羅系列）
1975　謝幕 Curtain: Hercule Poirot's Last Case（神探白羅系列）
1976　死亡不長眠 Sleeping Murder（神探瑪波系列）
1979　瑪波小姐的完結篇 Miss Marple's Final Cases（神探瑪波系列）
1991　情牽波倫沙 Problem at Pollensa Bay
1997　殘光夜影 While the Light Lasts

國家圖書館出版品預行編目（CIP）資料

ABC謀殺案 / 阿嘉莎．克莉絲蒂（Agatha Christie）著；陳曉東譯. -- 三版. -- 臺北市：遠流出版事業股份有限公司, 2022.06
面；　公分.
譯自：The ABC murders
ISBN 978-957-32-9535-8(平裝)

873.57　　111005115

克莉絲蒂繁體中文版 20 週年紀念珍藏 03

ABC 謀殺案

作者 / 阿嘉莎．克莉絲蒂
譯者 / 陳曉東

主編 / 陳懿文、余式恕　封面、內頁設計 / 謝佳穎
排版 / 連紫吟、曹任華　行銷企劃 / 舒意雯
出版一部總編輯暨總監 / 王明雪

發行人 / 王榮文
出版發行 / 遠流出版事業股份有限公司
地址 / 104005臺北市中山北路一段11號13樓
電話 / (02)2571-0297　傳真 / (02)2571-0197　郵撥 / 0189456-1
著作權顧問 / 蕭雄淋律師

2002年2月1日 初版一刷
2024年3月15日 三版二刷
定價 / 新臺幣380元 (缺頁或破損的書，請寄回更換)

ISBN 978-957-32-9535-8

遠流博識網 http://www.ylib.com E-mail: ylib@ylib.com
遠流粉絲團 https://www.facebook.com/ylibfans